祖艳馥
〔西〕达西娅·维埃荷-罗斯 编著

史与物

中国学者与法国汉学家论学书札辑注

商务印书馆
创于1897 The Commercial Press
2015年·北京

图书在版编目(CIP)数据

史与物:中国学者与法国汉学家论学书札辑注/祖艳馥,(西)罗斯编著.—北京:商务印书馆,2015
ISBN 978-7-100-11602-2

Ⅰ.①史… Ⅱ.①祖…②罗… Ⅲ.①名人—书信集—中国—现代 Ⅳ.①K820.6

中国版本图书馆CIP数据核字(2015)第226278号

史与物
中国学者与法国汉学家论学书札辑注
祖艳馥 〔西〕罗斯 编著

商务印书馆出版
(北京王府井大街36号 邮政编码100710)
商务印书馆发行
北京中科印刷有限公司印刷
ISBN 978-7-100-11602-2

2015年10月第1版 开本787×1092 1/16
2015年10月北京第1次印刷 印张17¼
定价:68.00元

Preface

This correspondence for the first time brought together in this volume captures a pivotal episode in studies of the Chinese and Asian past, not simply because of the content of these letters, and the profound importance of the documents that came to light in the Mogao Cave in Dunhuang that stimulated them. The episode of their discovery was also pivotal in terms of changing world views, in both the East and West; of changing attitudes toward the discovery of a larger world and the uncertainty of our place within it. In the centuries that preceded, China and Europe had each experienced much greater certainties about their place at the heart of the world around them. This was conspicuously the case for the Chinese establishment, for whom the Opium Wars marked a particularly damaging episode for their cultural confidence, setting the stage for a submissive approach to 'westernisation' even during some periods sanctioned by the Qing Government itself. However, it was also the case in the West; there was a growing shift in European attitudes which were also becoming more reflective and self-critical.

Western scholars of the 19th century and earlier had often explored beyond the margins of their familiar communities, with a secure expectation that what they might find in these distant places would be a lesser, immature, or ill-formed version of themselves. Looking westwards, to the New World, or southwards, to Africa, they might discover the 'primitive' or the 'wild', indeed using their observations of those distant landscapes and their human occupants to clarify and refine what they meant by those terms. Looking eastwards to Asia, they saw stasis and stagnation, which stood in contrast to the unstoppable progress that was the triumphant hall-mark of their own civilisation.

Even as the momentum of European imperial expansion and control sustained itself in the early 20th century, such cultural confidence had visibly been shaken and undermined, in response to the Great War. In *Man Makes Himself*, the Australian-born archaeologist Vere Gordon Childe captures a widespread sentiment by questioning confidence in 'progress' "*if your lungs have been filled with mustard gas, or your son has just been blown to pieces with a shell* ". While the Great War brought a critique of the notion of European supremacy and inevitable progress emphatically to the fore, a clear shift in European perspective is evident in the decades immediately preceding. This can for example be seen in observations made in European visits to islands just north of Australia two decades before that momentous war. The group that travelled from Cambridge to the Torres Straits with Alfred Haddon in 1898 were by no means the first to venture into the 'unknown' and report back on the customs and lives of distant communities; that long-standing practice had greatly accelerated during the preceding century, and enriched the western narratives of the ladder progress to civilisation with glimpses of its lower rungs. What seemed so novel about the Torres Strait travellers was their interest is what was in the minds of the actual members of those distant communities, how they made sense of themselves, their world, its present and its past.

A combination of discovery, tension and uncertainty provides the context in which Paul Pelliot was entering into correspondence with Chinese scholars. Both sides were exploring new things, and doing so at a time of geopolitical tension, critical reflection and reassessment of cultural assumptions. It is a correspondence in which both sides had much to learn about themselves and the 'other'. Pelliot had experienced first hand an most affirmative expression of the cultural 'other' during the Boxer Rebellion, when he was caught up in the siege of the foreign legations. He had also observed the more submissive approach of the Qing Government to the Westernisation movement in science and technology that followed the 2nd Opium War. At the time Pelliot found himself negotiating with the Boxer rebels, his home city of Paris was celebrating a century of Western achievements at the 1900 *Exposition Universelle*, but the fault-lines between imperious European nations that would lead to the Great War were gaining friction.

As in the new century each of those imperious nations would move steadily towards conflict, members of each of them would, during the century's first decade, converge on Dunhuang, drawn by the growing excitement over the extraordinary manuscripts newly brought to light from the Mogao Cave. A British/Indian group would be led by Aurel Stein (himself originally from Austro-Hungary), from Russia, Sergei Oldenburg, from Japan, Omani Kozui, and from France, Paul Pelliot himself. Pelliot's correspondence arises from that convergence, and from a time before scholarly exchange between those nations would be geopolitically constrained, as would be the case for a significant part of the 20th century. The legacy of that episode of convergence has been widespread and profound, in history, archaeology and sinology around the world.

This novel symmetry of engagement underlies the legacy of these letters. While previous generations of westerners may have observed other societies, or listened to informants, Pelliot was engaging with scholars, moreover scholars who played a key role in teaching and influencing subsequent generations who have built an international scholarly discourse in China as in the West.

While 19th century European scholars looked to continents to their East and West, to discover wild, primitive and stagnated counterparts to themselves, 21st century Chinese historians and archaeologists now also look to the continents to their east and their west, but in quite a different way. They look to their colleagues in America and Europe in a shared discourse of global research and enquiry, in which they occupy an ascendant and increasingly prominent role in global research. The cusp of those two contrasting modes of intercontinental scholarly engagements is captured in the remarkable correspondence, stimulated by the chance discovery of a series of much earlier texts linking East and West, and now assembled in this volume.

Prof. Martin Jones

April 2015

序言

这本书所收录的信件，也是学界就此类文献所做的首次集中呈现和考释。它们为研究中国和亚洲的过去获取了一个关键性的情节。这个关键性，既不简单地源于信件内容，也不仅仅由于通信的最初启动是受力于敦煌莫高窟文献大发现，及发现本身的意义深远和重要，而更在于，在世界观的变化方面，在东与西的思想结构方面，在关于发现一个更大的世界和发现我们置身其中的地方的不确定性的态度转换方面，所做的发现和探索。在过去的若干个世纪里，中国和欧洲，都曾经更加确定地经历过它们是这个世界的中心。中国方面的显著案例，是鸦片战争摧毁了中国的文化自信，使清政府在统治末期不得不踏上唯西化是从之路；而西方同期日益增长的变化，是欧洲正在形成的反思和自我批判态度。

十九世纪及早期的西方学者经常在他们熟悉的社区边界之外进行探险，并确定无疑地预期，在这些遥远的地方，他们可能亲历的，是他们自己中较少数的、不成熟的、不规范的版本。确实，通过他们对遥远景观的观察，或在他们的话语中对人类群体的阐明与定义，西看新大陆，南看非洲，他们发现了那些『原始的』或『野蛮的』；东看亚洲，他们看到了停滞和萧条，其并成为给他们的文明打上势不可挡的进步的胜利标签的反照。

但是，甚至在二十世纪初欧洲帝国势力的持续扩张期，也仍然可以窥见上述文化自信的动摇和削弱。在

《人类创造了自己》一书中，澳大利亚裔考古学家戈登·柴尔德捕捉到弥漫于大战中的情绪，通过指出『如果你的肺中已经充满了芥子毒气，如果你的儿子刚刚被炮弹炸成碎片』的现实问题，对『进步』中的自信提出质疑。当大战引起对欧洲优越论以及被强调的必然进步论等观念的批判时，在此之后的数十年，欧洲人的视觉转换已经清晰可见。例如在大战前二十年，欧洲学者在游历澳大利亚北部群岛时所做的观察。一八九八年，这群学者在哈登的率领下从剑桥出发抵达托雷斯海峡群岛。一开始，冒险进入这个『未知』对他们并不意味着什么，发回的报告中，对这个遥远社区的习俗和生活的描述也乏善可陈。但在之后的世纪中极速增长的持续性实践，充实了西方的叙事：在走向文明的阶梯式进程中，下层梯级也隐约可见。而那些看起来使托雷斯海峡群岛的旅行者们大开眼界的部分，也正是萦绕于这个遥远群落居民脑海中的真实部分——他们是如何认知自我，认知他们的世界，认知世界的过去与现在。

发现、扩张、不确定性，这些因素的集合，为保罗·伯希和与中国学者的通信互动提供了语境。双方都在地缘政治扩张的同一时段探索新事物，进行批判式反思，并对文化前提设定进行重估。在通信中，双方都在太多方面不得不自我认知，并向『他者』学习。义和团运动时，伯希和曾被困于法国公使馆，首次亲历了文化的『他者』最积极的表达。他也观察到第二次鸦片战争以来，清政府在洋务运动中的屈从。伯希和发现，当他和义和团拳民谈判时，他的家乡巴黎正在举办一九〇〇年度世界博览会，庆祝西方在一个世纪中所取得的成就；

但同时，最终引爆第一次世界大战的欧洲帝国列强间的分裂也正在加剧彼此间的摩擦。

一如帝国列强中的每一位都在新世纪中稳步走向冲突一样，新世纪中的第一个十年，他们毫无悬念地在敦煌聚合，吸引他们并令他们兴奋不已的，则是刚刚在莫高窟发现的一批非比寻常的遗书。印英组由奥地利匈牙利裔英国人奥莱尔·斯坦因率领，来自俄国的奥登堡、日本的大谷光瑞、法国的伯希和本人均置身其中。这些通信，源发于那场集合，也源发于此前那些国家间服务于地缘政治的学术交往，并成为二十世纪的重要事件之一。聚合事件所带来的遗产，在国际范围内，在史学界、考古学界、汉学界，意义深远并被广泛传播。

交会的异常对称性正置于这些信件遗产中。当西方的前辈们可能已经习惯于观察其他社会，或习惯于倾听他者讲述故事时，伯希和却直接与中国学者们发生了学术互动。而这些学者，在教育方面，在对后来者产生影响方面，都起着至关重要的作用；也正是这些被影响的后来者，在中国，在西方，建立起了国际性的学术话语。

十九世纪的欧洲学者看大陆，大陆被按照他们的方式分为东与西，并发现与欧洲对应的那些野蛮的、原始的、停滞的参照体；二十一世纪，中国的史学家和考古学家们也在看大陆，大陆又按照完全不同的方式被分为东与西。他们观察他们的欧洲和美国同事，分享全球研究的话语和诉求，并在这一领域保有一种优势和越来越突显的重要作用。在洲际学术融合和互动范畴下，两个相反模式的交会点，在这些引人注意的信件中被廓清了。同样引人注意的是，这些信件产生的机缘，则是一系列遗书的发现，而这些遗书，又正是早期连接东与西的相关文本。现在，这份遗产，均汇集在这卷辑注中。

马丁·琼斯

（剑桥大学考古系教授）

二〇一五年四月

前言

本书所及一九〇九年到二十世纪三十年代由中国学者和学术机构等写给法国汉学家伯希和的三十八封信，以及与此相关的十三个附件，是我们为研究过去两个多世纪以来，中国近现代学术的起源以及覆盖欧亚大陆的思想迁徙和运动所收集的相关史料，和基于这些史料的研究扩展。在此，我们对汉学、国学、汉学与国学相遇的概要式回顾，将作为把这些珍贵信件回置到当时场景的背景表述；而史与物，则是我们对信件，和信件可供回溯的中国人文社科知识体初建期学术盛况和中外学术互动的分析与展示。

一、汉学

如果说十七世纪的汉学仍止于欧洲传教士在中国传教期间对中国非功利性的初识，启蒙运动，则将汉学安放在十八世纪一个相对重要的位置上。正在从黑暗的中世纪出走的欧洲，为摆脱由神权和形而上学控制的意识形态和精神压迫，将中国立为一个『已经被启蒙』的文明板块和伦理样本，成为欧洲进入现代文明的一个正面参照系。汉学，在这场中西文化比较的巅峰期，扮演了与以前比较相对重要的角色。但直到启蒙运动结束，我们仍然可以将汉学视为欧洲传教士和学者基于欧洲本位对中国文明及其相关性有限的和自发的研究。

一七八三年，美国独立战争结束，之后不久，法国大革命也结束。两场战争，以极端冲突的方式，为长达半个多世纪的启蒙运动画上句号。基于美国革命的成功性，美国史学家亨利·S. 康麦格曾说，启蒙运动给欧洲人一个梦想，而美国人，实现了这个梦想。(一)但在十八世纪的最后几年和十九世纪初的历史维度上检视，启蒙运动对现代性的影响，远不止实现政治经济梦想这么简单，它所释放的能量，和这种能量对西方现代知识体系的建构与重塑，以及由此产生的对现代文化和生活的深刻影响，在运动结束时，才刚刚开始。在这个意义上，福柯称启蒙运动后欧洲开始经历自十七世纪初欧洲文化断裂后的第二次断裂：『十八世纪的最后几年被一种与在十七世纪初摧毁文艺复兴思想的东西相对称的间断性所中断；于是，包含相似性在内的巨大循环形式被拆散和打开……知识处于一个新空间内。』(二)『从消极方面说，纯认识形式的领域被孤立了，在与所有经验知识的关系中，既获得了自律，又获得了主权，使得对具体加以形式化并不顾一切地去重构纯科学这样的设想得以诞生和无限再生。』(三)而哈耶克则将这个福柯式的『文化断裂』，从唯科学主义的角度，定性为科学主义走出纯自然科学的王国，从立场、形式、方法上对人文社会研究和知识建构的全方位覆盖：『在十九世纪上半叶，出现了一种新的态度。「科学」一词日益局限于指自然科学和生物科学，同时它们也开始要求自身具有

(一) Roy Porter. 2001. *Enlightenment: Britain and the Creation of the Modern World*. London, Penguin Books. 13.

(二) 米歇尔·福柯：《词与物》第二八三页，莫伟民译，上海三联书店二〇〇一年版。

(三) 米歇尔·福柯：《词与物》第三二四页，莫伟民译，上海三联书店二〇〇一年版。

使其有别于其他一切学问的特殊的严密性和确定性。它们的成功使另一些领域的工作者大为着迷，马上便着手模仿它们的教义和术语。由此便出现了狭义的科学方法和技术对其他学科的专制。这些学科为证明自身有平等的地位，日益急切地想表明自己的方法跟它们那个成就辉煌的表亲相同，而不是更多地把自己的方法用在自己的特殊问题上。』（一）

一七九四年，在拿破仑的亲自关注下，巴黎综合理工学院成立。作为同期欧洲最早摆脱神学体制的大学之一，理工学院以极端的形式，取缔了所有与神学和传统人文知识相关的教学科目，代之以数学、生物学、物理、化学及工程学等自然科学课程。并在短时间内迅速培养出法国国家建设所需要的科学精英。在这个意义上，理工学院更像一个标志性符号，标志着欧洲已经告别传统知识体，开始建构赋予科学霸权地位的现代知识体。一八二六年，英国也建立了首个非宗教类大学伦敦大学学院。欧洲的其他地区也开始纷纷建立非宗教类高等教育机构。这时，现代知识体所面临的问题是，自然科学所指涉的，仍然是对物及物与物的关系的研究，整个知识界需要共同面对的，是如何将科学方法移植到知识体系的另一半，即关于人与物的关系，和人与人的关系的研究。十九世纪初，现代人文社会科学先驱圣西门在巴黎综合理工学院对面择地而居，开始着手将科学引入人文社会知识体系的拓荒式实验。很快，他的追随者和超越者孔德在《实证哲学教程》中，清晰绘制出用科

（一）弗里德里希·A.哈耶克：《科学的反革命——理性滥用之研究》第八页，冯克利译，译林出版社二〇一二年版。

学方法建构现代知识体的另一半——人文社会知识体系的蓝本。其中第一个考虑，是知识建构方法的实证性：任何新知识的获得，和对已有知识的修正与整合，必须建立在收集可观察、可经验、可度量和实际存在的证据的基础上，并且合乎明确的推理原则。物质证据在这个意义上被强调和放大了。另一个考虑，则是借用了自然科学的生物体征，将人文社会知识体系生命化，从而赋予其有机的、结构和网络状的、行使功能的、具有起源和进化性的……种种特质。人文社会知识自此获得了科学的身份，成为人文社会科学。被科学方法装备起来的人文社会学者的任务，就是通过探险和亲历，通过观察、经验、感知、度量，获取新的物质证据，或将已有史料解构成物质文本，来探寻人类及人类社会的起源、进化和变迁，以及未来存在的种种可能性。人文社科知识体系借此所经历的嬗变，一方面从区域性覆盖演化为全球性覆盖，或者说，源于欧洲的人文社会科学，所研究的地域，并不只限于欧洲，而是指向地球上的任何一个角落和区域；另一方面，研究的时间维度，则从人类的起源开始，在线性的时间维度上展开并直指未来。

中国作为区域性的一部分和一种文明标本，当然不可避免地在人文社科新知识体的框架下，以科学的方法被重塑。而汉学，自此可以被清晰地表述为，西方学者在新知识体的架构下，按照科学的方法，完成中国场域人文社科知识体建构的学问。这种建构，首先是对与中国场域人文社科知识产品生产相关的原始材料的获取。如果将这些原材料分类为由探险、田野调查和考古挖掘直接获取的材料，与存在于中国传统知识体中的文本材料，那么前者，显然更符合科学的精神，而后者，则至少在知识建构的目标设计上，首先需要被科学的方法解构为原材料，史料，也在这种切割中完成了由史料到物质文本的转换。即使这样，与前者相比，它仍然处于次要地位，因为人文社会科学首先要挑战和颠覆的，正是中国传统知识体本身。

从十九世纪初到二十世纪初，在长达一个世纪的时段里，人文社会科学逐渐完成了不同场域的建构。在埃及场域，兴起了至今让西方学术群落痴迷的埃及学；在美索不达米亚地区，则形成了亚述学；而在印度和南亚地区，也有印度学异军突起。汉学，与这些区域相比，则既表现得孤立，也显得迟缓和没有生气，在与人文社会科学有机体的亲缘关系上，甚至被视为『孤儿』。分析这一学术格局形成的原因，当然是多维的，比如宗教因素，可能是促成埃及学和亚述学更早具形的原因之一，因为被基督教文明整体整合过的欧洲，对埃及和亚述这两个被圣经故事深度沁润过的区域，总是有着无法割舍的探源心理，和如果不探究相关文化就无法搁置的乡愁。但是，通过帝国控制和学术扩张的关联关系，及其同期可追溯的学术源流，可能会在更合理的学术构架内，理解汉学的孤立。

首先，十九世纪英国的帝国势力和法国的帝国势力所控制的地区，一定也在地理范围内，成为人文社科知识体建构得以顺利展开的区域。帝国势力的地理版图和思想的地理版图之间的因果关联性，正像菲历克斯·德里弗教授在《地理斗士》一书中论及的，帝国被构想时，或多或少包含着一种功能，使旅行者、探险者和学者在帝国设计的空间和疆域内探索、认知、辩论。帝国的物质资源和在地理上所能涉及的位置，使科学探索者能够在全球规模内探索他们的学术兴趣。库克、邦克，或菲茨·罗伊、达尔文，很明显都仰仗于帝国的这种支持。[一]英国同期对印度的殖民统治，拿破仑对埃及的征服，和随后英帝国势力向埃及及周边的扩张，均使得人文社科知识在这些区域的建构可以顺利展开。帝国的知识，或帝国的科学和帝国的学者，从一开始，就被帝国可控制的环境和格调塑造了。地理的表征，疆域的暗喻，无处不暗含着知识和科学的和弦。印度学、埃及学、亚述学等的兴起，在这个意义上，都仰仗于帝国势力对所属区域的控制。但是在十九世纪，中国作为一个整体区域，从未被其他帝国以全面殖民方式，或长期军事占领方式控制过，其他帝国的汉学家们，也因此从未在中国场域内，为所欲为地展开过汉学的探索和研究。二十世纪初年中国内部政权交替等因素，虽然曾为帝国的探险家和学者进入中国区域提供了短期机会，但更多的是在类似新疆、西藏等文化边缘地区展开，这也在相对意义上造成了中国近代学术发轫从敦煌学起步的非常规现象，而被视为中国文化承载主体的中原广大区域，即使到今天，对于有志于中国学术研究的汉学家们，仍然是不能长驱直入的学术『禁地』。

其次，源于语言学的印欧语系，将欧洲和西方学者的学术兴趣，相对集中在与该语系相关的区域，中国在地理位置上，被明显排斥在这些区域之外；指向中国区域的汉学，也被孤立于印欧语系之外。一七八六年，受过专业梵文和其他古典语言训练的英国驻印度法官威廉·琼斯，在阅读印度的梵文法律文书时发现，流行于印度公元四世纪和六世纪间的梵文文学和宗教写本，与拉丁文和古希腊文之间有着某种重要的联系。这三种语言

[一] Felix Driver. 2001. *Geography Militant–Cultures of Exploration and Empire*. Oxford, Blackwell Publishers Ltd. 7–39.

基本都是死语言，尤其是梵文和拉丁文，只在后来的书写和记述时被使用；这三种语言在字母、发音和语法上相似，似乎有很强的姻亲关系，可能是同根的，起源于同一种语言。随后，语言学家们发现，古雅利安语与这三种语言也是同根的。一八一三年，英国学者托马斯·扬将这四种被认为是同一语系的语言命名为印欧语系。威廉·琼斯的重大发现为欧洲学术界带来三个基本的学术问题：如果这四种语言是同根的，在欧洲和亚洲居住的大部分人是否源于同一个祖先族群？如果答案是肯定的，这个族群最早曾生活在欧亚大陆的什么地方？他们是怎么扩散到欧亚大陆之外的其他地方的？今天我们已经无法知道，威廉·琼斯当时的大胆设想是否受到当时帝国正在更大的疆域内建立自己殖民地的行为激励，但是这个源于语言学的设想，契合了当时与帝国疆域扩张相匹配的帝国现代知识体系对原有知识体系的颠覆和解构，以及探索人类起源的学术趣味。汉语因隶属于汉藏语系，使得汉学在印欧语系所掀起的学术探索热潮中，被非常孤单地搁置在由语言学所聚合的学术共同体之外，直到二十世纪初。

一八一四年，自我教授中文的法国学者让-皮埃尔·雷米扎在法兰西学院为自己设立了关于中国研究的首个教授席位，该席位也是欧洲的首个汉学教授席位。作为一个里程碑式的开端，这个席位的设立，一方面淡化了汉学研究的传教士色彩，另一方面，则沿袭了侧重于汉语语言学习和东西文化比较的汉学研究偏好。

一八三三年，儒莲继承了这个教授席位，后来以儒莲命名的奖项，也成为奖励汉学领域杰出学者和学术研究的最高奖项，被誉为汉学的『诺贝尔奖』。一八九三年，沙畹继承了这个教授席位，自此，他不仅结束了过去两个多世纪以来汉学学者对他们自己所绘制的『中国文化的原生形态是儒家社会』这一文化图景的单纯迷恋，和对中国经典文本翻译与诠释的过分专注，也终结了来自其他领域学者对这种偏重文献学的研究范式所给予的『文献式的吹毛求疵』的冷嘲热讽。沙畹直接将汉学研究拓展到历史领域，并借由历史挑战中国传统知识体。

一八九五年，沙畹为其所译的《史记》第一卷撰写了长达两百多页的序言。在序言中他首次将中国历史中尧舜禹等历史人物划入传说的范畴，认为是后人伪造的。中华文明的起源，也被从尧舜禹所代表的历史长度，缩短到可能是从周朝起源的三千年。汉学开始尝试用科学的实证方法，从辨识中国历史的真实性起步，建构中国场域的人文社科知识体。沙畹的学生伯希和，通过丝路尤其是敦煌探险，也成为在汉学领域践行科学方法的第一人。自此，直到第二次世界大战以前，以沙畹-伯希和为中心人物的巴黎汉学研究，一直引领着国际汉学研究的步伐和走向；沙畹的弟子或伯希和的同门师友们，如将汉学从儒学拓展到道学、佛学、艺术和科学史领域的马伯乐，将涂尔干的社会结构学理论应用到中国古代社会、家庭和礼仪研究的葛兰言，及高本汉、阿列克、戴密微、叶理绥等，使汉学研究终于摆脱了欧洲学术『孤儿』的传统地位，也将『基于巴黎式的汉学精神』置入其他国家和地区，形成汉学的『巴黎学派』。虽然直到『二战』前巴黎学派势弱时，他们或同期前后崛起的京都学派，并没能完成『用真正科学的方法叙述中国历史与社会』的任务，但在他们与中国国学的学术互动中，却成功地将这一学术接力棒传给了中国学者。

二、国学

单纯从词义和使用频率考虑，国学是一个始于二十世纪初的舶来词。十九世纪末，日本学界在欧美尤其是欧洲正在建构起来的人文社科知识体系的压迫下，有感于日本本土的传统知识体正在被解构，日本文化的主体性在解构中正逐渐丢失，开始发起保护日本『国粹』和『国学』的运动，国学一词自此被启用并首先在日本流行。一九〇二年在日本流亡的梁启超考虑到中国与日本的相似处境，曾拟创办《国学报》，未果。两年后邓实、黄节等在上海成立『国学保存会』并发行《国粹学报》等，以研究国学、保护国粹为初衷的国学话语自此正式登陆中国。一九〇六年至一九〇九年间，章太炎曾在东京主办『国学讲习会』，讲授诸子和音韵训诂等。一九一一年，罗振玉、王国维在上海创办《国学丛刊》，在为丛刊所作的序言中，王国维开篇直言：『今之言学者，有新旧之争，有中西之争，有有用之学与无用之学之争。余正告天下曰学无新旧也，无中西也，无有用无用也，凡立此名者，均不学之徒……今专以知言，则学有三大类：曰科学也，史学也，文学也。』(一)这时，国学在学术倾向上，已经不单纯指向国粹和中国传统之学，而在更宽泛的意义上，发展为中国学者试图将中国学术置身于国际学术语境下、跨越学术的国别藩篱所做的基本探索。这一探索，既包含着对科学方法的甄

(一)王国维：《王国维全集》第十四卷第一二九页，浙江教育出版社二〇一〇年版。

别、借鉴和使用，也包含着基于新的方法对中国传统知识体的总体审视，和在中国场域建构人文社会科学知识体的努力。其间，国学家们所不懈的，则是中国传统知识体如何在现代性的覆盖下存续和获得新生。

中国传统知识体在不同的历史时期，在结构、范式和内容上会表现出差异性，但作为最后物质载体与西方人文社科体系相遇的，是清以来在结构上被强化为经史子集四部、内含三千四百余种七万九千余卷的官修知识整体。经部，主要收录了儒家十五经及相关著作；史部收录了包括官方正史、编年史、纪事本末史、杂史等十五类史书；子部收录了诸子百家著作和类书，包括儒家类、兵家类、法家类、释家类、道家类、农家类、医家类、天文算法类等十四类作品；集部收录了诗文词总集和专集等五大类著作。传统知识体的最后护送者，『清代三百年小学的结束成就之人』(一)罗振玉在晚年深居旅顺时，曾在《本朝学术源流概略》(二)中，按经史子集结构，对传统知识体做过告别式的温情回顾，将其中庸地评价为师承有自、研究有法、取材宏富的三得，和详训诂而略义理、舍训诂而讲微言大义、疑古信今的三失。与现代知识体的科学建构方法相较，罗振玉将传统知识体的建构方法概略为征经、释词、释例、审音、类考和攟佚六法。

中国传统知识体与西方现代知识体的首次正面冲突，发生在鸦片战争之后。鸦片战争中中国所经历的整体

(一)桑兵：《国学与汉学》第一一〇页，中国人民大学出版社二〇一〇年版。

(二)罗振玉：《罗振玉学术论著集》第十一集第一八七—二四〇页，上海古籍出版社二〇一〇年版。

创痛，已经不再关乎国策、关乎民族自尊或关乎历史长度和疆域辽阔度，这个失败所给出的一个基本结论，是中国在经济国力和军事实力上与敌对方比较，是弱势的。对于这个结论，清政府和它的敌对方们在战后达成了空前的共识。而作为共识的本能反应，清政府第一次放下大国自足姿态，在冲突后表现出有限的文化自觉和行动力，开始在科学技术和军事制造力上，向它的敌对方们学习，开展洋务运动。其间中国基本执行和尝试了中体西用的文化方略。这个方略的基本思想，是对西方自然科学技术的学习接受，和对人文社会科学基本价值体系与相关制度的整体拒绝。在文化方略的实验过程中，从留美幼童方案的启动，到马尾船政学堂的教学实验，到江南制造局翻译馆的西学知识转译，政府作为行为主体，基本掌控着中体西用的程度和进度。甲午战争是对洋务运动三十年师敌长技、中体西用文化方略实施效用的实际检视，在这一方略中装备起来的北洋水师在战争中的全面溃败，也标志着中体西用文化方略的总体沦陷。这个沦陷带给中国的集体反思是，只学西方的科学技术，不伤及『中体』，是不可以的。甲午战争，因此成为中国告别中体西用文化方略，启动中体西体并用文化方略的历史起点。严复曾将这一方略概括为：中学有中学之体用，西学有西学之体用，分之则两立，合之则两止。

新的文化方略，也成为中国知识分子群体以积极和汲取的态度全方位打量西方人文社科知识体系，和对中国传统文化进行自我审视的开始。其间民间机构和文化势力在这一方略的执行过程中成为基本的行为主体和推动力量。梁启超和汪康年的《时务报》、严复的《国闻报》和《国闻汇编》、罗振玉的农学社和东文学社等民间机构，除了继续将西学体系的一半——自然科学知识引入中国，也开始将另一半——人文社科知识系统性引入。其间西学代表性作品《天演论》《物种起源》《综合哲学》和《人口论》等已纷纷进入中国学者的视野；而同期的留学浪潮，更使中国的学术整体可以直接学习和掌握相关知识；刚刚成立的京师大学堂这时与一个世纪前的巴黎理工学院相较，在功能上异曲同工，在教学科目设置上则走得更远：大学堂基本照搬了在学习欧美教学范式上先行一步的日本模式，设置了政治、文学、格致、农学、工艺、商务和医学课程，传统知识体在其中所处的尴尬位置是，经、史、诸子学、理学、掌故学和词章学被缩身到文学中，与外国语言文字学共栖，成为七大科目中文学科目的一部分。

罗振玉在《集蓼编》中通过自身经历反思当时西方现代知识体过分挤压中国传统知识体时说：『我国兵事新挫，海内人心沸腾，予亦欲稍知外事，乃从友人借江南制造局译本书读之。先妣斥之曰：「汝曹读圣贤书岂尚有不足，何必是？」……予窃意西人学术未始不可资中学之助，时窃读焉。而由今观之，今日之伦纪荡尽，邪说横行，民生况瘁，未始不由崇拜欧美学说变本加厉所致，乃知吾母真具过人之识也。』（一）

当两种知识体系互相审视时，西方人文社科知识界除了对中国的国民性提出整体质疑，并由此演化出若干场文化运动和文化革命外，以科学的标尺衡量，中国传统知识体中首先被挑战的部分，则聚焦在史学领域。这

（一）罗振玉：《罗振玉学术论著集》之《集蓼编》第二十八页，上海古籍出版社二〇一〇年版。

个挑战的第一个层面，关乎人类如何回望自己的过去。传统的回望方式是历史文本，包括官方和民间历史文献、文学作品等；通过当代文化，推理和想象过去。科学方法对此方式的挑战，是将物证和对物质证据的诠释作为回望历史的唯一方式。使用这一方式回望过去，一方面使历史在时间维度上失去了霸语地位，因为基于物质对人类过去的回望，首先在时间段上将过去划分为史前和历史时期，历史在这个新的长时段中，只在历史时期，表现出一定的话语权；而对史前，在更大程度上，则表现出鞭长莫及的无奈和失语。另一方面，即使对历史时期的回望，历史文本也只有将自己首先物质化为物质证据后，才有资格在『科学方法』的审视下，具有参考性的话语权，即成为用物质阐释过去的辅助性手段。第二个挑战，关乎历史是什么。历史唯物主义把人类社会的历史作为一个『有机体』，不但强调其发展性和进步性等运动特征，也首次将其作为一个整体，赋予其有机结构性，可以覆盖人类生存的任何区域和具有时间维度。换句话说，发生在某个时间段的、某个区域的事件或史实，已经不再是历史，它们只有在作为史料，诠释人类社会这个宏大的有机体的起源、发展和变迁，及其关于起源、发展和变迁的普遍性和规律性时，才重新获得了历史价值。这时，一切伟大的文学和史记，都成了一本合上的书，被放在『史料』的档案架上待读。关于王朝，关于战争，关于宗教和典仪，也不再是历史，它们只有被放在科学视野下，以科学的方式诠释有机体的存在、运动和普遍规律时，才获得了新生。中国史这时所面临的危机，一方面是真实性不能自证的危机，因为按照科学的逻辑，中国史要证明自己的真实性，一定需要借助于他物，比如非中国史的史料，或考古证据；另一个危机，则如沙畹所挑战的，是中国文明的源头，或中国历史到底有多久的危机。

二十世纪初，作为对沙畹隔空喊话式挑战的主动应战，梁启超首先发表了《中国之旧史》《史学之界说》《中国史叙论》等中国史学自救文章，不但对传统知识体下的中国『旧史』进行了自省式梳理和批判，也同时提出中国新史学的架构和未来。对于旧史，梁启超首先指出其有『四弊』：知有朝廷而不知有国家，知有个人而不知有群体，知有陈迹而不知有今务，知有事实而不知有理想；『缘此四弊，复生二病』，一是能铺叙而不能别裁，二是能因袭而不能创作；『合此六弊』，又生三『恶果』，即难读、难别择、无感触。而新史学，必须依据科学方法、以叙述进化现象为目标。梁启超将全方位从西学移植过来的新史学概括为『历史者，叙述进化之现象也』『历史者，叙述人群进化之现象也』『历史者，叙述人群进化之现象，而求得其公理公例者也』。在之后的民国时期甚至今天，梁笔下的『旧史学』和『新史学』之间一直存在博弈，但在西学的覆盖下，中国史学从此基本按照梁所设计的范式被设定和建构，主动向西方现代人文社科知识体靠拢，并在数十年中成为中国国学建构的聚焦部分。

回顾这段历程，直到国学和汉学正式相遇前，或者说一九〇九年前，新史学，或国学的核心部分，虽然在目标、方法和轮廓上已经被廓清，但却一直面临着建构能力缺失的困境。当时西学进入中国学术界，主要通过两种模式。一是教学模式，自留美幼童教案启动以来，不论在中国本土设立的各类以西学为主要教学内容的学校，包括马尾船政学堂、北京同文馆、东文学社、京师大学堂等，还是由庚子赔款等推动的境外留学浪潮，都属于这一模式；另一则是转译模式，即通过将大量现代人文社科知识翻译成中文，完成这些知识在中国知识界的传播，江南制造局翻译馆、严复的《国闻汇编》等，均属于知识转译机构。两种模式的共同之处在于，通过将西学知识产品推介给中国学术界，而培育了中国国学家们的现代西学知识消费能力，具体体现为在传统知识体的钳制下对现代知识体的窥见、接受，和在现代思想的冲击下对传统知识体的反思、批判。而窥见、接受、反思和批判，只能成为建构行为发生的语境式推动力量，如何在中国场域内生产现代知识，包括建构新史学，这是一个知识生产能力问题。这种生产能力，直到一九〇九年汉学和国学相遇时，即中西学术互动模式产生时，才被逐渐培养出来。

三、当国学与汉学相遇

不考虑学术资源占有的差异性和学术资源使用能力的差异性，汉学与国学的基本区别仅在于，国学的研究主体是中国学者，或国学是中国学者所从事的中国学术研究，而汉学的研究主体是外国学者，或汉学是外国学者所从事的中国学术研究。研究客体的共同性，使国学与汉学均将学术目标锁定为，在中国场域内建构人文社会科学知识体。如果将沙畹对中国史学的挑战和梁启超对中国新史学的基本构想作为汉学和国学的隔空喊话，一九〇九年汉学与国学的相遇，并不是在隔空喊话基础上的顺理成章，而是受力于中亚当代考古运动偶然发生的，并充满戏剧性。

一九〇九年九月四日，来自中国官僚阶层的宝熙、刘廷琛、柯劭忞、恽毓鼎、江瀚及来自学界的王仁俊、徐坊、董康、蒋黼、吴寅臣等在北京六国饭店宴请了一个黑发碧眼、清瘦朗俊的法国青年；同月，错过这一盛宴的罗振玉在董康引荐下，又偕同董康、王国维等学界同仁到法国青年租住的北京住处拜会。一九〇九年九月，可能发生了很多过眼云烟事，但对于中国学术界，却是一个非常重要的历史瞬间——国学与汉学终于相遇：被宴请和拜会的青年，正是后来在国际汉学界当值三十余年的法国汉学家保罗·伯希和；而中国学界集体关注的，当然不是伯希和的黑发碧眼表征或流畅深厚的汉语功夫，而是伯希和行箧中的敦煌斩获，及其斩获必须延展到的中亚当代考古运动。

一八九〇年，梵语-雅利安语言学界权威人物英国学者霍恩雷博士，正在以孟加拉国亚洲学会总干事的身份，沉迷于破解印欧语系之谜中。而孟加拉国亚洲学会的前身，正是印欧语系发现者威廉·琼斯于百余年前建立的加尔各答亚洲学会。同期，英国间谍鲍尔在中国新疆执行任务时，从沙漠寻宝人手中购得五十余页写在桦树皮上的文书残片。霍恩雷很快破译了这批文书残片，指出它们是公元五世纪手写的梵文佛经和医药巫术文稿。但真正让他兴奋不已的，并不是文书内容，而是这批文书残片是当时欧洲学者所收集到的最早的梵文写本。霍恩雷毫不迟疑地将可破解印欧语系之谜的期许转向文书的出土地中国新疆塔克拉玛干沙漠及周边地区。自十九世纪七十年代以来，在孟加拉国学会工作的东方学和语言学专家们已经听到了塔克拉玛干沙漠下埋藏着数百座城市的各种传说，而作为他们获取关于东方知识的权威作品唐玄奘的《大唐西域记》和马可·波罗的《马可·波罗游记》，也均有与传闻相关的沙埋古城记载。鲍尔古本的发现和破译，正面回应了东方语言学家们对沙埋古城的种种期许，印欧语系的谜底可能就埋藏在欧亚大陆多种语言的交会处塔克拉玛干沙漠里，深藏在沙漠下面的古城中。霍恩雷博士一方面非常有成就感地向他的欧洲同行们迅速报告了这一重大发现，在欧洲语言学界掀起波澜，同时在报告中以一个东方语言学家的使命感和权威性，向同时被他的报告触及的欧洲语言学界、探险界、考古学界和政界宣告：正式启动中亚当代考古运动。

一九〇〇年，斯坦因在英国皇室和印英政府的支持和装备下从印度出发，开始了他的首次丝路考古探险之旅，也因此成为中亚当代考古运动践行的第一人。虽然在此之前，斯文·赫定及俄国探险家们已经在相关区域展开过地理探险，也进行过古物收集和研究，但并没有在考古学意义上进行过任何挖掘。斯坦因按照斯文·赫定所提供的地理线路和遗址方位，对塔克拉玛干和田区域内的约特干遗址、丹丹乌里克遗址、热瓦克遗址和今民丰县内的尼雅遗址进行了系统的考古测绘和挖掘，并在第二次探险中对丝路沿线的长城烽燧遗址、米兰遗址等展开挖掘。毫无悬念，斯坦因如期获得了婆罗谜文、于阗文、佉卢文、粟特文等大量文书和相关文物，为欧洲的知识生产者们在印欧语系的框架内生产相关知识产品提供了过量的原始文本和物质原材料。源于十九世纪大游戏时代的帝国竞争传统也在这时进入中亚当代考古运动竞技场，俄国、美国、法国、日本等探险家先后加入，在丝路沿线中国区域，尤其是新疆和河西走廊区域展开考古较力和文物搜攫。但是，考古探险活动启动不久，探险家们却需要面临非印欧语系所能覆盖的另一个发现：从斯坦因的丹丹乌里克遗址和尼雅遗址发掘开始，大量汉文文书残片被陆续挖掘出来。最初，斯坦因在丹丹乌里克发现这些残片时，只是出于职业敏感将残片收集起来，并很快发现标有年代的汉文文书残片可以成为其他残片的断代佐证。比如从汉文残片上标注的『大历十六年』字样，可以基本判定，与印欧语系相关的残片和和田周边的遗址基本上是与中国唐代同期的；当挖掘被扩展到尼雅遗址时，收集的汉文文书残片已经达到数千片，并且相当部分源于汉晋时期。这时，它们已经不再单纯是研究印欧语系的辅助文本，而是在规模上自成一体，需要被独自阐释和分析，以呈现它们背后的历史。

一九〇七年，在第二次探险中，斯坦因发现敦煌藏书洞，从中购得七千余件敦煌遗书，其中包含相当数量的汉文文书。尽管曾经历过严格的拉丁语、梵语训练，但斯坦因并不通汉语，因此在汉语及其文本的研究方面，只能依赖好友如亨利·玉儿及沙畹博士的帮助。尤其是沙畹，不仅为斯坦因提供了探险的相关知识，也在每次斯坦因探险结束后接受委托，为他整理和考释探险所获的汉文文书和文物。但是，在敦煌藏经洞昏暗的烛光下，在没有任何现代通信工具可以请教远在欧洲的老友的情况下，斯坦因只能被动依赖他的中国问题顾问蒋孝琬，在藏经洞中挑选汉文文书。虽然曾被斯坦因赞为中国通，但蒋孝琬并没有受过严格的学术训练，因此只能泛泛地选择一些汉文写本，而大量珍品和孤本，仍然留在洞中，静待伯希和一九〇八年的闻声造访。

一八七八年五月二十八日，伯希和出生在法国巴黎。他最初的人生理想，是成为一个外交官。在这个志向的驱动下，伯希和在初中时进入索邦学校学习英语，之后又在东方语言学校接受中文培训。当时即被视为语言天才的伯希和，仅用两年时间，便修完了三年的汉语课程，因此引起汉学泰斗沙畹的关注。沙畹将伯希和收到门下，不但继续指导他修习汉学，而且将他引荐给该校著名的梵语教授列维学习梵语。这段学习经历，使伯希和放弃了成为外交家的初想，选择了学术生涯。

一九〇〇年初，伯希和被派往法属印度支那河内的法国远东学院从事学术研究工作。同年二月被派往北京为学院采购图书，也因此首次结缘中国。停留北京期间，伯希和因义和团运动被困在法国公使馆，因两次成功突围——一次夺取了义和团的旗帜，一次为被困人员获得新鲜水果——而获得法国荣誉军团勋章。这次经历和意外获得的荣誉，使年仅二十三岁的伯希和被聘为学校的汉学教授。之后，伯希和频繁到中国采购图书。书籍，不但自此成为他渐渐深入中国传统知识体的一个可能性途径，也慢慢成为他与中国这片土地结缘的媒介。但是，直到探险生涯开始以前，伯希和并没有机会结识中国学者，汉学研究也基本停留在传统汉学研究偏好的藏蒙史学范围和中国周边地区。如一九〇三年在巴黎翻译出版了元周达观的《真腊风土记》，一九〇四年离开越南回国后又发表了论文《交广印度两道考》。

一九〇五年，伯希和从河内回到法国，在为参加东方学大会讲演做准备时，突然接到法国政府委任，组建中国新疆地区考古探险队。这时，英国、德国、瑞典、美国、俄国的考古探险势力已经纷纷进入中国新疆，法国与这些国家相较已经落后。法国探险队仅有三人，除了伯希和外，另两位成员分别为军医刘易斯·瓦扬和摄影师查理・努埃特。这个小团队不论在规模上，还是在考古专业程度上，与由斯坦因率领的测绘师、考古学家、地理学家和全面装备起来的大型驼队组成的探险队比较，都显得单薄和不专业。唯一的优势，就是伯希和本人精通在这个区域可能会遭遇到的蒙古语、阿拉伯语、波斯语、突厥语、藏语、梵语和汉语。一九〇六年，像从欧洲出发到中国新疆探险的其他探险家一样，伯希和也从撒马尔罕出发，途经俄国，进入中国，在喀什驻扎，和当地中国官员建立起关系，之后在中国势力的帮助下沿丝路逐渐向东北推进。到达乌鲁木齐休整时，伯希和拜访了被清政府发配到乌鲁木齐的兰国公。推杯换盏中，兰国公向伯希和展示了从敦煌流散出来的沙州千佛洞写本一卷。凭着语言学家的职业敏感，伯希和迅速将探险目标锁定为敦煌，并取道乌鲁木齐直接向敦煌进发。但是到达时，敦煌已经在考古学的意义上首先被斯坦因『挖掘』了。对伯希和来说，幸运的是，斯坦因团队薄弱的汉文文献识别能力，使最有价值的汉文遗书仍然静待洞中。一九〇八年四月，伯希和在昏暗的烛光下，以后来被传颂的『日览三千』的『极速』，在藏经洞中工作三个星期，从数万件遗书中，检出数千件，并对其中的大多数做了记录和分类。又以与斯坦因同样的方式，从看守敦煌藏经洞的王道士手中购得遗书和二百多幅唐代绘画等文物，打包运回巴黎。这些遗书后来进入中国国学家们的视野后，几乎件件都是梦寐以求的珍本，其中包括《隶古定尚书》《论语郑氏注》《春秋后国语》《毛诗传笺》《汉书》《韦庄秦妇吟》《陈伯玉集》《冥报记》《唐抄本切韵》《沙州图经》《西州图经》《贞元十道录》《阴阳书》等。

『得到秘宝的伯希和虽然不像斯坦因那样秘不示人，但也未即刻告诉中国学者。他对于自己的意外收获显然不敢掉以轻心，取道兰州、西安、郑州，于一九〇八年十月五日抵达北京，在此将大部分获得品送往巴黎，然后南下上海、无锡，拍摄两江总督端方和裴景福所藏金石书画百余种，十二月中旬返回河内。次年五月，伯希和再度来华为巴黎国家图书馆购书，经上海、南京、天津，九月下旬抵达北京。』(一)目前仍然没有史料呈现，伯希和是在端方处拍摄金石藏品时向端方泄露了敦煌斩获的秘密，还是由当时被发配到新疆并一直了解伯希和敦煌探险行踪的裴景福泄密，或伯希和出于对随身携带的敦煌斩获精品修缮的需要、或出于相关学术问题向中国学者讨教的需要、或故意抛出信号在中国制造敦煌遗书买方市场的需要而自我泄密。一九〇九年十月，关于伯希和、关于敦煌藏经洞、关于敦煌遗书外流讯息已在北京学界沸腾；而学界政界与伯希和的会见，也成为当时中国最重要的文化事件。敦煌、敦煌藏经洞、伯希和敦煌探险、宝物外流等同时成为被热议的关键语汇。

从伯希和个人的角度，这时他在北京所受到的重视和簇拥，与同月回到巴黎后所受到的质疑和冷遇形成鲜明反差。一九〇八年伯希和在《法兰西远东学院学报》发表探险报告《敦煌藏经洞访问记》后，巴黎的汉学界，包括导师沙畹，既不相信经斯坦因搜掠后藏经洞还能有任何剩余，也不相信，伯希和仅凭借在藏经洞内对每份文书的记忆，就能在河内完成考古报告及敦煌文献的分类和整理。伯希和所获敦煌文书的真实性在巴

(一)桑兵：《国学与汉学》第一〇八—一〇九页，中国人民大学出版社二〇一〇年版。

黎学界受到整体质疑。一九一一年，法兰西学院专门为伯希和设立了一个语言、历史及考古学教授席位，以表彰他的考古探险和对法国学术独一无二的贡献，似乎在相当程度上遏制了学术界对伯希和的不公待遇，但直到一九一二年，当斯坦因的探险作品《契丹沙漠废墟——在中亚和中国西部地区考察实纪》出版，并提及他并未将洞中所有文物全部拿走时，伯希和在法国汉学界才获得了真正的清白。而这时，敦煌藏经洞更像一个近千年前被某种必然性预设好的文化摇篮，通过遗书的三次分流，从敦煌研究起步，将中国学术在国际范围内全部激活。

第一个流向，当然是经斯坦因流入大英博物馆部分。斯坦因将考古探险所获梵文等部分，交由老友剑桥大学东方学教授爱德华·詹姆斯·拉普生整理考释，而汉文文书部分，包括敦煌文书，委托沙畹进行整理考释。因此，尽管斯坦因所获汉文文书在物质上仍然藏于伦敦，但在文献分享的意义和使用价值上，则通过沙畹流向巴黎，成为巴黎学派的学术资源。第二个流向，则是经伯希和藏入巴黎吉美博物馆和法国国家图书馆等部分，直接成为巴黎学派的学术资源。一九〇九年汉学与国学相遇，又促成了敦煌文书的最后分流，即第三次分流。这个流向，是经罗振玉等学者倡议，将敦煌最后余下的数千卷遗书由清政府学部购入并藏于北京，成为中国学者敦煌学研究的起步资料之一。中亚当代考古运动所获汉文文书及残片，尤其是敦煌遗书的发现，是欧洲进入现代知识体建构以来获得的最具规模的中国场域知识建构材料。由知识生产材料的空前充沛所推动的汉学研究盛况，首先表现为中国学术研究在欧洲人文社科知识体中总体位置的大幅攀升；其次也表现为巴黎学派因为学术资源垄断而在国际汉学界更加不可动摇的权威和引领地位；第三，也是最重要的一点则是，由材料发现所推动的国学家与汉学家的相遇，使中国研究既不再是汉学家们远离学术源地中国在欧洲的独语，也不再是在国际学术舞台上缺席并从未经历过科学操练的国学家们对远在西方的人文社科知识体的遥望。相遇，使双方将学术兴趣共同投向同一材料——敦煌发现，由此带动的材料交流、学术对话和研究互动，一方面使国学家们首次有机会进入中国学术研究的国际学术网络，并在互动中通过知识生产能力的训练，成长为建构中国场域人文社科知识体的主要力量；另一方面，建构主体从汉学家向国学家的转换，也牵动同期的中国研究开始从中国边缘区域向中国中心区域移动。如果不是以知识消费能力，而是以知识生产能力的形成作为一个衡量标准，国学与汉学的相遇，也是中国近现代学术的发端。

四、史与物：在学术互动中发育的中国学术图景

本书所及文献，是多数藏于法国巴黎吉美博物馆，少量散见于出版物，自一九〇九年至二十世纪三十年代主要由中国国学家和学者写给法国汉学家伯希和的信件。通过这些信件，我们可以清晰地呈现国学与汉学相遇后的中国学术变迁：包括相遇后初成的学术研究共同体和国际学术网络；在网络中展开的学术互动盛况；敦煌学的兴起和向其他学术领域的拓展；中国学术在地域和研究主体方面的双重结构性转移，及其近现代学术从发

端到成长的相关历史图景。

首先，国学与汉学相遇后，中国迅速聚合起内含政治势力和国学家们的学术共同体。该共同体以敦煌遗书研究为聚合点，致力于遗书的收集、整理、刊布和研究考证，政治势力如端方，国学家如董康、罗振玉、蒋伯斧、王仁俊、吴昌绶、王国维、缪荃孙等均投身其中。一九〇九年，初知敦煌遗书外流时，端方『闻之扼腕』，提议从伯希和手中回购一部分，『不允，则谆嘱他日以精印本寄与，且曰：「此中国考据学上一生死问题也。」』(一)同期，罗振玉也向伯希和提出同样请求。在学部奉调期间，罗振玉已经向清政府系统提出发展中国国学的基本构想，一九〇九年五月在京师大学堂农科监督任上出访日本，又与内藤湖南、狩野直喜和福冈谦藏等日本汉学家有了进一步的交往，对日本的中国学术研究在相当程度上也有初识。因此面对敦煌遗书的发现，罗振玉与王国维在学术本能上，已经清晰意识到，这个重大发现，可能带来学术上的突变。王国维后来在清华国学院授课梳理这段经历时指出，丝路汉简和敦煌遗书的出土，是中国历史上继汉时壁中书和晋时汲冢书之后的第三次重大发现。而罗振玉在《梦邦草堂吉金图序》中回顾这个相关发现及很快被收入其视野的甲骨文发现时浩叹：『山川效灵，三千年而一泄其秘，且适当我之生。』对已经西去的遗书则怀着『与伯氏归帆俱西驰也』的『耿耿此心』。罗振玉等与伯希和在京『议定将已运往巴黎的写本陆续在华刊出以供学者研究。并先

（一）桑兵：《国学与汉学》第一〇八页，中国人民大学出版社二〇一〇年版。

就近影照在京的十余种写本，还往返伯氏住地十余次，抄录写本经卷目录，并分篇写出提要』(一)。紧随伯希和返法步伐，一九〇九年十二月二十二日，罗振玉、董康联名向伯希和发出信件，这封信，也是中国国学家向欧洲汉学家发出的首个信件，直接求要敦煌遗书影照件：『正如您所承诺的，您返回巴黎时，将为我们展示您的藏品影照件，费用由我们支付。如能及早收悉，我们将不胜感激。』（罗振玉、董康信一九〇九年）该信题头标注的『外务部』，同时向伯希和传递了一个信号，即这一学术共同体有着强大的国家和政治背景。自此，罗振玉和董康就敦煌遗书影照和费用等相关问题不断与伯希和保持书信往来，在本书收录的七封罗振玉信件中，五封与敦煌遗书有关。如一九一三年四月二十一日信中提及『承寄敦煌影片半月前已寄到以俗冗尚未奉告顷得来书并寄来提单感荷感荷』，『弟前有一信托沙畹博士转交内有请补照敦煌各书目录不知已达览否能否俯如所请尚祈示复子幸之前次影片弟当于一二年内陆续以玻璃板印行以期不负先生殷殷代照之厚谊』，一九一七年六月十一日信又提及：『前承赐敦煌古卷影本使古籍复得流传天壤皆先生之功此海内外学者所共钦慰不仅弟一人之私感又蒙允赐影片二百纸益拜……』董康也在一九一四年信中，感念伯希和的代照之恩，提及『敦煌遗籍关涉敝国旧学寔非鲜浅承先生不弃将玻璃片赐寄千秋秘笈一旦流传艺林学子仰望先生丰采者咸欲铸金师事之来函仍允将玻璃片续寄尤所欣盼敬恳迅赐寄下弟等当合力刊以行世冀无负执事之苦心也』。『罗振玉所得伯氏

(一) 罗琨：《罗振玉评传》第一一八页，百花洲文艺出版社二〇一〇年版。

来函，则通过董康转达端方或吴昌绶、缪荃孙等』，『由罗、蒋校录的《敦煌石室遗书》，由董康排印』。（一）一九一一年端方被杀而罗振玉、董康等也流亡日本时，这个学术共同体仍在有效运行。『端忠敏方被戕蜀西前先生寄下之玻璃影片存于彼处未卜存亡惟其中紧要各种已由罗叔蕴君录出拟选择付梓以副公殷殷之雅』。（董康信一九一二年）

一九一〇年，张元济访法时，作为首位来自中国国学阵营和现代出版界的学者，在巴黎拜访了伯希和并参观了伯希和的敦煌遗书收藏。两天后在下榻处巴黎卢浮酒店即兴致信伯希和，预订了需要代照的遗书：『前日承枉顾并偕从图书馆俾得快睹敝邦古书曷胜欣幸承允代印阁下前在敦煌所影照片全分至为心感弟现拟请代影各卷子背面各种借券及地契立嗣证书等较为有用可以参考敝国古代法律至于敦煌照片则祈阁下代选紧要者代印数十张足矣。』（张元济信一九一〇年）自此，商务印书馆以权威出版机构的身份，成为学术共同体向出版业的延伸。之后，在多次代照及费用往来中，文物商来远公司也扮演了辅助角色（罗振玉信、王国维信等）。这个共同体，不但在中国近现代史期间，而且在中国所有的历史时期，都是聚合了政界背景、学者大家、出版界和商界等各种力量，就同类材料和同一个范畴的学术问题，与境外学术势力展开学术互动的首个学术机体。这个机体的发生，使中国在进入近现代历史时期后，第一次有机会使国学步入中国研究的国际舞台，或换一个角度

（一）桑兵：《国学与汉学》第一一一页，中国人民大学出版社二〇一〇年版。

说，第一次使国际舞台上的中国研究不再仅仅是汉学或汉学家们单方面的事情。

其次，学术共同体作为中国研究的本土力量，与巴黎学派、京都学派共同形成针对敦煌研究的国际学术互动网络。在本书收录的附图中，早在一九〇三年，日本京都学派重要人物内藤湖南已经与伯希和展开书信往来。所述内容记述了两个学派间已经就文献书籍等至少保持着个人的学术互动。一九一二年，经董康推介，京都学派的另一个重要人物狩野直喜初识伯希和，董康在推介信中专门叮嘱『所有敦煌遗迹务恳先生一一道观他日载笔归来庶我东方学子亦可窥见贵国文学之涯涘也』（董康信一九一二年）。同期，罗振玉也曾委托旅英的滨田耕作代为转交个人著作（罗振玉信一九一三年、一九一四年五月）。在促进京都学派与巴黎学派的学术交往中，董康、罗振玉等因旅居日本的机缘，在相当程度上发挥着媒介作用。在巴黎学派与国学的学术关系中，当时学术共同体的中心人物罗振玉，不但是伯希和与中国学者保持互动的核心人物，也自一九一〇年起，与沙畹建立起学术关系。学术共同体与巴黎学派的关系在之后的若干年中，又通过个人推介方式得以扩展：一九二五年陈寅恪携王国维推荐信在巴黎与伯希和相识（王国维信一九二五年）；一九三三年陈寅恪推介浦江清巴黎拜见伯希和（陈寅恪信一九三三年）；一九二五年蔡元培推介许德珩巴黎拜见伯希和（蔡元培信一九二五年）；同年推荐傅斯年拜会伯希和（蔡元培信一九二五年九月二十日。此信数码版存于剑桥大学考古系丝路项目数据库）。直到北大研究所国学门、清华国学院、中央研究院史语所等机构兴起后，学术共同体在学术网络中的功能才渐渐被取代。而取代前，在学术网络架构下，基于敦煌发现的敦煌研究，及其向同置于中亚当代考古运动的丝路沿线汉简等材料的研究扩展，首先成为汉学家和国学家共同聚焦的研究领域，敦煌学，也在这个意义上，顺势成为国学家们近现代以来首次尝试用科学方法在中国局部展开人文社科知识建构的操练场。而汉学，也借此和汉学赖以生存的母体中国建立起直接的姻亲关系。

一九〇九年返回巴黎后，伯希和发表文章《中国艺术和考古新视野》，第一次向欧洲介绍罗振玉、王国维的研究成果，并在之后力邀罗振玉出任法兰西学院通讯员。这是汉学一个引人注意的变化，因为之前，汉学过多关注中国古籍和考古材料的搜取和研究，而忽略了对当代学人和学术动向的关注，一九〇九年的相遇，及之后的经历，使伯希和的治学原则开始有别于从前，提出治中国学须有三方面的准备，包括目录学与藏书，实物的收集，和与中国学者的接近。王国维、罗振玉也同时撰文，向中国学界介绍中亚考古运动和敦煌的考古发现。同年，罗振玉撰文《敦煌石室书目及发见之原始》和《莫高窟石室秘录》，发布在《东方杂志》上；王国维将斯坦因在英国皇家地理学会八月版刊登的两次中亚考古历险讲演译成中文《中亚细亚探险谈》，发布在罗振玉《敦煌石室遗书》附录《流沙访古记》中。自此，双方学者定期互相介绍对方学术研究成果和学术动态，逐渐成为学术习惯。

自一九〇九年起，关于敦煌学和与敦煌学相关的知识产品被系列生产出来，仅出于国学家们的作品，就包括最初的《敦煌石室遗书》《敦煌石室真迹录》《沙州文录》和之后的《流沙坠简》《鸣沙石室佚书》等，出版物达数十种，以出版物序言方式，或直接以研究论文方式发布的成果也达近百篇。不论是伯希和本人，还是国学家们，每及有新的研究成果出炉，都会互相赠予。罗振玉早在一九一三年，就委托日本汉学家滨田耕作向伯希和代为转交个人作品（罗振玉信一九一三年、一九一四年五月），一九一四年也请人『便携奉弟所印寰翰楼丛书一部敦煌石室佚书十一种祈代送民国图书馆』（罗振玉信一九一四年六月），一九一七年又『托敝国来远公司友人卢君携奉石室佚书等不知收到否兹再寄古文尚书沙州西州两图经贞元十道录隋文殿御览阴阳书各一册仍祈转赠国民图书馆为荷又序目一分附呈先生读序文即知』（罗振玉信一九一七年）。一九二四年，陈垣也曾将被胡适誉为『石破天惊之作』的『元西域人华化考稿本一部二册，并呈』（陈垣信一九二四年）。董康等也有作品赠予伯希和。伯希和也不断将个人作品寄赠或直接赠予中国学者，如陈垣一九二七年信中提及『承赠大著十五册，至为感谢。又九册，已于五月卅一日转交王国维先生』（陈垣信一九二七年），类似赠予在罗振玉一九一七年信、陈垣一九二四年信、翁文灏一九二四年信、陈寅恪一九三三年信中均有述及。敦煌学，和以敦煌学为基点的学术互动图景所呈现的『蔚为壮观』态，不仅在中国学术史和汉学史上表现得空前，即使在之后，也属罕见。由此所带动的中国研究的学术源流的变迁，尤其值得关注。

第三，中国学术研究地域重心和研究主体的双重转移。受汉学学术趣味和可获得一手研究材料，尤其是考古材料的影响，汉学，直到敦煌学起步期的关注区域，仍然停留在中国的边缘地区。如儒莲对《大唐西域记》的翻译研究、沙畹对《史记》的翻译和考释，亨利·玉儿及伯希和等对马可·波罗游记的翻译研究等，都致力于将东方学作为西学研究的参照版本，而追索东西关系，西藏、内蒙古、新疆等中国边陲，在区域上自然成为汉学的侧重版图，考古运动的重大发现，更将汉学家们的学术视野，锁定于这些区域。汉学与国学开始互动后，汉学家们逐渐受国学家的影响和学术牵引，研究范围逐步向中国传统知识体的中心区域转移。比如考古发现的《尚书》残卷（罗振玉信一九一七年）、《春秋后语》残卷（罗振玉信一九一四年五月）、《切韵》残片，甚至之后拓展到的《蒙古秘史》残卷（陈垣信一九三三年）等，在中国传统知识体中都有收录，要对这些残卷进行深入研究，汉学家和国学家必须在相当程度上将研究视野从考古发现回撤到中国传统知识产品，和生产这些产品的学术中心北京、上海及中原区域。自此，伯希和开始通过国学家们、权威出版社等更加系统地购入中国典籍（董康信一九一四年、一九二七年，陈垣信一九二七年，罗振玉信一九一四年、一九一七年，商务印书馆信一九一六年，天津博物院信一九二三年），并收集中原地区的碑拓资料和考古信息（罗振玉信一九二四年等）。与研究地域重心内移相应，中国场域人文社会科学建构主体也从汉学家转向中国国学家。

敦煌学成为中国近现代学术源头的意义，是国学家们在与汉学家的学术互动中，通过与汉学家们对同一种材料的共同研究，在实践中识别被汉学家们奉为现代学术圭臬的科学精神，和在此基础上用学到的科学方法研究敦煌相关发现的实际操练。一旦建立起敦煌材料和中国传统知识体的渊源关系，尤其是需要借助中国传统知识体去阐释和考证敦煌发现，经历过传统知识体系教育和研究训练的国学家们，如承袭了乾嘉学派古史、古物研究功夫的罗振玉、王国维，被传统知识深度孕育的陈垣，与汉学家们相比，马上表现出巨大的学术优势。客观看待敦煌研究，敦煌学更像是汉学家们将科学方法传递给国学家们的学术载体，国学家们通过这个载体，很快在材料的占有和使用上，完成了从过分倚仗传统知识体，向史料和考古材料『双栖』的材料性转换，如王国维后来总结的二重证据法。这个转换带给中国学术的逻辑性突破，就是中国史终于有可能走出以史证史的逻辑陷阱，而进入以物尤其是以考古物证史的科学实验。与中国学者的优势相比，汉学家们不仅在传统知识体的运用上表现出弱势，在考古践行中，也开始遭遇困境。中亚当代考古运动，是在清政府衰没、无暇顾及中国边陲的短暂时期发生的。民国建立后，国家再度行使对文化和学术资源的统一管理和支配，汉学家们在中国场域内自由出入和获取学术及考古资源的黄金时代也随之完结，在考古资源方面曾经呈现的优势也随之转化为弱势。因此在可能性上，可以并有能力在中国区域内，在考古和传统知识体两界自由行走的中国学者们，在敦煌学的操练中深得科学精髓后，也自然接过了双重受限的汉学家们试图在中国场域建构现代人文社科知识体的接力棒，将『双栖』材料，用于对中国场域人类的过去、对中国场域人类社会的过去的图景的种种描绘，并尝试将此中国图景置入整个人类的宏图中。

早期的敦煌学，曾致力于敦煌材料的收集、整理、刊布和考释，但国学家们并未在这一阶段停留太久，便开始探索将考古新发现和传统知识体中的史料整合在一起进行学术分析和知识加工。如罗振玉运用传统知识对《春秋后语》《尚书》残卷的分析和辨识（罗振玉信一九一四年、一九一七年十月）；一九一三年拜读沙畹对汉简残片的考释作品后，又将考古材料重新进行结构分类，在沙畹『科学考释』大背景下，糅入传统知识史料，与王国维一起进一步对相同汉简进行考证写成《流沙坠简》。这本书，也是近代国学家们关于研究考古材料的第一本专著。另一段佳话，是陈垣、陈寅恪对《元秘史》的解析。一九三三年伯希和访华时，曾在席间与陈垣等谈及俄国汉学家收藏的珍本《元秘史》，陈垣数日后即致信伯希和，指出该书的初本和传承史，通过将俄版《元秘史》与商务印书馆和自己收藏的版本进行比较（陈垣信一九三三年），陈垣指出当时所有流行版本都源于传统知识体中的《永乐大典》；错过陈垣版本的陈寅恪数月病愈后仍不忘追讨（一）；半年后陈寅恪致信伯希和时，再补充消息『北平图书馆又发见明初刊本《元朝秘史》残册，惜公不及见之。陈援庵先生已作一校勘记，可以取阅也』（陈寅恪信一九三三年）。

第四，中国近代学术机体的变迁。一九二七年王国维沉渊过世后，不久罗振玉也归隐辽东。学术共同体自此淡出中国学术界，各类专业性学术机构兴起并取而代之。本书中的部分信件，忠实记录了这一学术机体变迁。不能否认的是，从一九〇九年到一九二七年期间，罗振玉写给伯希和的信件，也是中国学术共同体与汉学互动的基本轴线。一九二七年，罗振玉致信伯希和，报送王国维离世哀耗，这封信也是罗振玉写给伯希和的最后一封学术信件。信纸泛泛，字迹潦草，与以往考究的个性化信纸和洗练洒脱的走笔相比，显得无限伤感和落寞。信中随附『赴文一通，遗嘱一纸，弟所为传一篇』（罗振玉信一九二七年六月七日），更殷勤叮嘱伯希和『天气苦热，祈为道自卫』。之后，罗振玉隐居辽东十年余，偶通三两封信，甚至请晚辈代笔。伯希和接信后

（一）陈智超：《陈垣来往书信集（增订本）》第三九七页，生活·读书·新知三联书店二〇一〇年版。

迅速撰文《纪念王国维》，在法国汉学界追思王国维，与京都汉学界和中国国学界的悼念活动遥相呼应，后又发文《王国维遗书》，在学术上梳理这位国学巨人的伟大贡献。之后，董康等国学家们与伯希和虽仍保持书信往来，但汉学与中国学术共同体的互动时代基本落下帷幕。共同体时代的国学家们，他们的知识因为脱胎于传统知识体，因此并不偏安于某一个学科，基本覆盖人文社会学所有领域的知识结构，使他们有能力将从敦煌学操练中所获得的科学精神和实证主义方法带入人文社会科学知识整体。当知识共同体被专业性学术机构取代后，中国学术开始进入学科建设时代，而源于共同体的科学精神和实证方法，已经在学科间的藩篱架起前被深植了。

国学大师们退场了，伯希和还在，之后他与蔡元培、傅斯年、李济等的学术信件，又记录了汉学与专业性学术机构的学术情况及往来。

一九二八年前，伯希和已经成为中国学术的权威机构之一北京大学研究所国学门的研究通讯员（叶恭绰信一九二七年），一九二八年后，又相继被聘为史语所的特约研究员和外国通讯员（傅斯年信一九二八年十月八日〔一〕，国立中央研究院一九三二年聘书），及北平图书馆的通讯员（国立北平图书馆信一九三〇年）〔二〕。

〔一〕王汎森等主编：《傅斯年遗札》第一卷第一一三页，社会科学文献出版社二〇一五年版。

〔二〕此信数码版收藏于剑桥大学考古系丝路项目数据库。

以史语所为例，可以看到双方互动的机构式特征。一九二八年，中华民国最高学术研究机构国立中央研究院成立，研究院参照欧美现代知识体的生产范式，按照学术科目设立了十四个研究所，集中了历史、语言、考古三大学科的史语所在研究院中成为建构人文社会科学知识体的代表性机构。具有留法游学背景的研究院院长蔡元培，早在建院前已经结识伯希和，并且是曾经在巴黎参观过伯希和敦煌藏品的少数中国学者之一（蔡元培信一九二五年）。曾在英国和德国游学的史语所所长傅斯年也已于一九二五年，经蔡元培引荐初识伯希和（蔡元培信一九二五年）[一]。直到去世前，伯希和一直保持着和蔡元培、傅斯年、李济等的书信往来，但大部分都是机构的公务往来，包括史语所的工作安排、报告、聘任和薪金。从一九二八年起，伯希和即开始享受史语所每月一百美金的高额聘金（傅斯年信一九二八年十月八日[二]，李济信一九三三年九月七日，傅斯年信一九二九年四月二十七日），虽然战时时有调整或拖付，但从未间断。伯希和也利用个人在汉学界的领袖地位和学术声望，及其主编的《通报》，不断向国际学术界传递中国学术信息。在他的倡议下，史语所因殷墟考古发掘的学术贡献而获得国际中国研究的最高奖项儒莲奖（蔡元培信一九三二年）。

没有争议的是，殷墟发掘，是史语所在这个历史跨度内所获得的最辉煌的学术成就。在考古学的意义上，

（一）此信数码版收藏于剑桥大学考古系丝路项目数据库。

（二）王汎森等主编：《傅斯年遗札》第一卷第一一三页，社会科学文献出版社二〇一五年版。

殷墟发掘是由中国学者独立完成的考古学奠基之作。挖掘既成就了以李济、梁思永为领军人物的中国考古学科的专业队伍，也是史语所南迁台湾前中国考古学研究的核心部分。而在语言学意义上，殷墟发掘中对甲骨文的进一步发现和破解，不但对于研究中国的过去，而且对于研究人类的过去，都表现出划时代的重要性，可与古埃及文发现和印欧语系发现相媲美。在历史学意义上，甲骨文更是中国新史学建构的基石。一九二八年郭沫若流亡日本时，曾尝试写一部中国古代社会史，因为史料匮乏，一直不能成文。后来在图书馆偶得王国维先生的《观堂集林》，了解到罗振玉、王国维的甲骨文研究成果，并随后讨得李济的支持，《中国古代社会研究》因此具形。其中，甲骨文既给出了中国古代社会的源头，也因此使中国历史可以按照摩尔根设定的人类社会发展阶段进行分割。其作为物证，在实证方法上，在人文社科的辩证唯物性和历史唯物性上，都是《中国古代社会研究》的基石。一九三〇年该书的出版，也是中国新史学被建构起来的重要时刻。因为使用了考古学和语言学的研究成果，郭沫若的这部作品也同时被看作中国学者在中国场域建构起人文社会科学的标志性作品。即使今天，不仅仅在历史学领域，在人文社科的各个领域，书中倡导的唯物性，都是中国学术不能偏离的基点。

需要进一步研究的是，一八九九年，中国已经发现甲骨文，罗振玉也一直凭借个人兴趣关注甲骨文，但在国学与汉学相遇前，罗振玉并未深度介入甲骨文。时间上的巧合是，一九〇九年国学与汉学相遇，一九一〇年罗振玉开始系统收集甲骨文，其胞弟罗振常到河南找到甲骨文的真正出土地小屯进行系统收集，就是在这一年，罗振玉也因此成为甲骨文第一藏家。如果二者间并非时间巧合，我们是否可以推想，国学与汉学的相遇，与罗振玉转向甲骨文的收集之间，存在着关联，中亚当代考古运动的大发现，尤其是敦煌大发现，触动并激发了罗振玉的甲骨文发现之旅，关于这一点，当然需要进一步的史料支持。另一个巧合是，一九一三年，罗振玉收到沙畹的《奥莱尔·斯坦因在中亚沙漠中所获汉文文书考释》样稿，以此为蓝本，罗振玉、王国维于同年冬天『握椠逾月』写就《流沙坠简》。也是同年冬天，罗振玉『发愤键户者四十余日』，完成首个甲骨文考释作品《殷虚书契考释》。我们是否也可以推想，二者之间至少在方法论上存在着关联？关于这一点，当然也需要进一步的史料支持。不需要争论的是，作为中国场域人文社科知识体建构的基石，甲骨文在学术共同体时代已经被奠立了，学科专业化时代，只是使甲骨文在考古学的意义上走得更远；其所呈现的物性，也更专业化；但由其连接的近现代学术源流，则经历学术共同体时代和学科专业化时代而一脉相承。

五、本书的内容与结构

本书主体由前言、书札译注、附图三个部分组成。

前言部分包括对信件所及学术互动时代学术背景和事件的图景展示，和对信件的基本研究，尤其侧重于对信件可丰富呈现的中国近现代学术起源、地理和学术主体双重结构转移、从学术共同体时代到机构专业化时代的学术机体变迁的梳理和分析。

书札译注部分包括对民国时期国学大师、学者和学术机构写给法国汉学家伯希和的三十六封信件的整理翻译和注解考释与原件图片，及对散见于出版物的另外两封重要信件的注解考释。其中陈垣信一九三三年资料来源于《陈垣来往书信集》，陈寅恪信一九三三年资料来源于《陈寅恪集·书信集》，详见注解。

附图部分包括十三件与信件相关的珍贵史料原件图片，如清华国学院导师演讲题目和授课题目目录、伯希和护照和聘书等。而其中丁国英的信，记录了国学与汉学相遇前，伯希和仅与中国的仆人等有书信往来；内藤湖南的信，记录了伯希和在早于国学家若干年前，与日本学者已有学术互动；购书单，则清晰呈现了伯希和对中国传统知识产品和当代中国学人著作的关注及关注点的变化轨迹。

凡无特殊标注者，本书所辑信件均来源于法国巴黎吉美博物馆。版权为该馆所有。

因手书信件个别字迹模糊或难以辨识，如有疑误，诚请学者同仁予以勘正。

目录

书札译注

蔡元培（一）致伯希和信

［一九二五年十一月十八日（二）］

伯希和先生惠鉴在巴黎屡挹

教言并承

指导与介绍得畅观

先生所搜集而整理之敦煌石室珍品感谢无已敝友许君德珩（三）毕业于北京大学后来巴黎留学专研究社会学尤注意于家族原始问题平日对于法华文化之交通史抱热诚如有事晋谒尚祈不吝赐教敬此申谢并祝

著祺

弟蔡元培敬启

十一月十八日

（一）蔡元培（一八六八—一九四〇） 字鹤卿，又字仲申、民友、孑民，曾化名蔡振、周子余。浙江绍兴人。革命家、教育家、政治家、学者。曾任中华民国首任教育总长、北京大学校长、国立中央研究院院长。编著有《中国伦理学史》《哲学大纲》《现代教育思潮》等。一九二三—一九二六年曾游学欧洲，其间参观了伯希和的敦煌藏品。

（二）年代为吉美博物馆标注，月份日期为信中标注。

（三）许德珩（一八九〇—一九九〇） 原名许础，字楚生。江西德化人。政治活动家、教育家。一九二〇年曾赴巴黎勤工俭学，一九二七年回国。

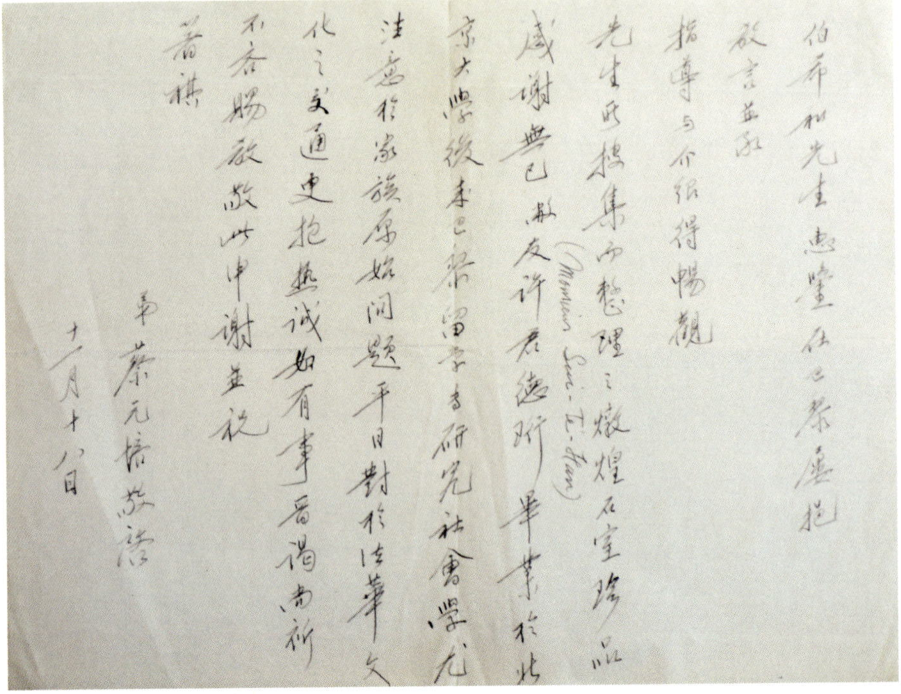
伯希和先生惠鑒：在巴黎屢抱
教言，並承
指導與介紹，得暢觀
先生所搜集而整理之敦煌石室珍品，
感謝無已。敝友許君德珩（Monsieur Sue-Te-Han）畢業於北
京大學後，來巴黎留學，專研究社會學，尤
注意於家族原始問題，平日對於法華文
化之交通，更抱熱誠。如有事晉謁，尚祈
不吝賜教，敬此申謝，並祝
著祺
弟蔡元培敬啓
十一月十八日

蔡元培致伯希和信

［一九三二年四月二十二日（一）］

（中文译稿）

伯希和先生鉴：

接本年三月五日很友谊的惠函（二），谢谢。

本院历史语言研究所考古组稍有发见（三），竟承嘉许，为提名考古与文学研究院，得领于瑞安奖金（四），深感先生提倡盛意。本所同仁当益益勉力，以副期望。

敝国以水灾及兵事之影响，经济困难，敝院亦感竭蹶；然一切研究工作，均仍积极进行，安阳发掘，亦继续工作，敬希勿念。

敝人在南京所受之伤，现已痊愈，已照常工作，承注，感谢之至。

请您接受我的祝福。

蔡元培

【附件】伯希和致蔡元培函

蔡先生：

考古与文学研究院每年准备一千五百佛郎之奖金，赠于在过去一年中关于中国语言、历史等学最完善之著作。此项奖金名为于瑞安奖金（按：于瑞安，系法国著名之中国语学家，一七九七—一八七三）。予因中央研究院历史语言研究所各种出版品之报告书，尤因李先生所著安阳发掘古物之报告，特提议赠于该所，此予所欣喜而欲告知先生者。然此仅为予等对于中国博学者极微薄的钦佩之表示，同时予等欲在中国极感困难时借此向中国博学者表示同情。

贵体如何？研究工作如何？极欲知悉。近悉先生为若干不负责任者之暴行所惊，闻之深为不快，极望先生已早完全复原。凡认识先生者，均对先生具有同样之尊敬与友谊。

伯希和

（一）时间为信中标注。中文译稿及附件参照《蔡元培全集》第十三卷第四十二—四十三页，浙江教育出版社一九九八年版。信纸题头标有『国立中央研究院社会科学研究所 NATIONAL RESEARCH INSTITUTE OF SOCIAL SCIENCES *ACADEMIA SINICA* 378, ROUTE FERGUSON SHANGHAI, CHINA』字样。此信法文原稿有拼写错误，此处未予勘正。

（二）惠函　指本信附件伯希和致蔡元培函。该函为林语堂翻译。

（三）考古组发见　主要指一九二九年后，李济出任历史语言研究所考古组主任期间所领导的安阳殷墟、章丘城子崖等考古发掘。考古组因此获得一九三二年度儒莲奖。

（四）于瑞安奖　即儒莲奖。儒莲（一七九七—一八七三），法国籍犹太汉学家，生于法国奥尔良市。曾任法兰西学院教授、法兰西学会图书馆副馆长。主要潜心于汉学和儒学研究。译有《孟子》《三字经》《太上感应篇》《老子道德经》《西厢记》《赵氏孤儿》《大唐西域记》等。儒莲奖，曾被誉为汉学界的诺贝尔奖。沙畹、斯坦因、高本汉、葛兰言、马伯乐、安特生、李约瑟等均曾获此奖。除史语所考古组外，中国学者王静如、冯友兰、饶宗颐、洪业等也曾获此奖。

22 Avril 1932.

Cher Monsieur Pelliot.

J'ai reçu votre bonne et amicale lettre du 5 mars; et je m'empresse de vous faire mes remerciements. L'Institut d'Histoire et de Philologie de l'Académia Sinica a publié encore peu de travaux; et cependant vous avez tenu à lui témoigner votre estime en proposant à l'Académie des Inscriptions et Belles Lettres de lui attribuer le Prix Stanislas Julien. Nous sommes très reconnaissants de votre bonne intention et de votre initiative. Les membres de notre Institut tâcheront de faire tous leurs efforts pour répondre à vos espérances.

L'état financier et économique de notre Pays se trouve très difficile par suite des inondations et des opérations militaires; l'Académia Sinica se ressentit des conséquences de cette situation. Cependant ce qui peut vous rassurer un peu, c'est que les travaux de recherche continuent toujours, de même ceux des fouilles de Anyang.

Les blessures que j'ai reçues à Nankin sont complétement guéries; je suis maintenant tout-à-fait remis; et je continue à travailler comme d'ordinaire. Je vous remercie infiniment de l'intérêt que vous me montrez.

Veuillez croire, Cher Monsieur Pelliot, à mes sentiments bien dévoués.

Y. P. Tsai

國立中央研究院社會科學研究所
NATIONAL RESEARCH INSTITUTE OF SOCIAL SCIENCES
ACADEMIA SINICA
378, ROUTE FERGUSON
SHANGHAI, CHINA

22 Avril 1932.

Cher Monsieur Pelliot.

J'ai reçu votre bonne et amicale lettre du 5 mars; et je m'empresse de vous faire mes remerciements. L'Institut d'Histoire et de Philologie de l'Académia Sinica a publié encore peu de travaux; et cependant vous avez tenu à lui témoigner votre estime en proposant à l'Académie des Inscriptions et Belles Lettres de lui attribuer le Prix Stanislas Julien. Nous sommes très reconnaissants de votre bonne intention et de votre initiative. Les membres de notre Institut tâcheront de faire tous leurs efforts pour répondre à vos espérances.

L'état financier et économique de notre Pays se trouve très difficile par suite des inondations et des opérations militaires; l'Académia Sinica se ressentit des conséquences de cette situation. Cependant ce qui peut vous rassurer un peu, c'est que les travaux de recherche continuent toujours, de même ceux des fouilles de Anyang.

Les blessures que j'ai reçues à Nankin sont complétement guéries; je suis maintenant tout-à-fait remis; et je continue à travailler comme d'ordinaire. Je vous remercie infiniment de l'intérêt que vous me montrez.

Veuillez croire, Cher Monsieur Pelliot, à mes sentiments bien dévoués.

Y. P. Tsai

陈寅恪陈垣赵元任林语堂等（一）致伯希和信

［一九三一年三月二十六日（二）］

伯希和先生道鉴

敬启者本月八日为编辑蔡先生（三）六十五岁纪念论文集事由上次所务会议所派各人开会讨论议决各项另纸奉闻此事在中国为创举万祈共襄其成以求尽善公私至感专此敬请

著安

弟　陈寅恪　陈　垣
赵元任　刘　复
李　济　林语堂
朱希祖　傅斯年　敬启

中华民国廿年三月廿六日

（一）信件作者陈寅恪、陈垣、赵元任、刘复、李济、林语堂、朱希祖、傅斯年均曾为中央研究院历史语言研究所工作人员。该所常规出版刊物为《中央研究院历史语言研究所集刊》。

（二）时间为信中标注。

（三）蔡先生　指蔡元培（参见蔡元培致伯希和一九二五年十一月十八日信批注（一））。

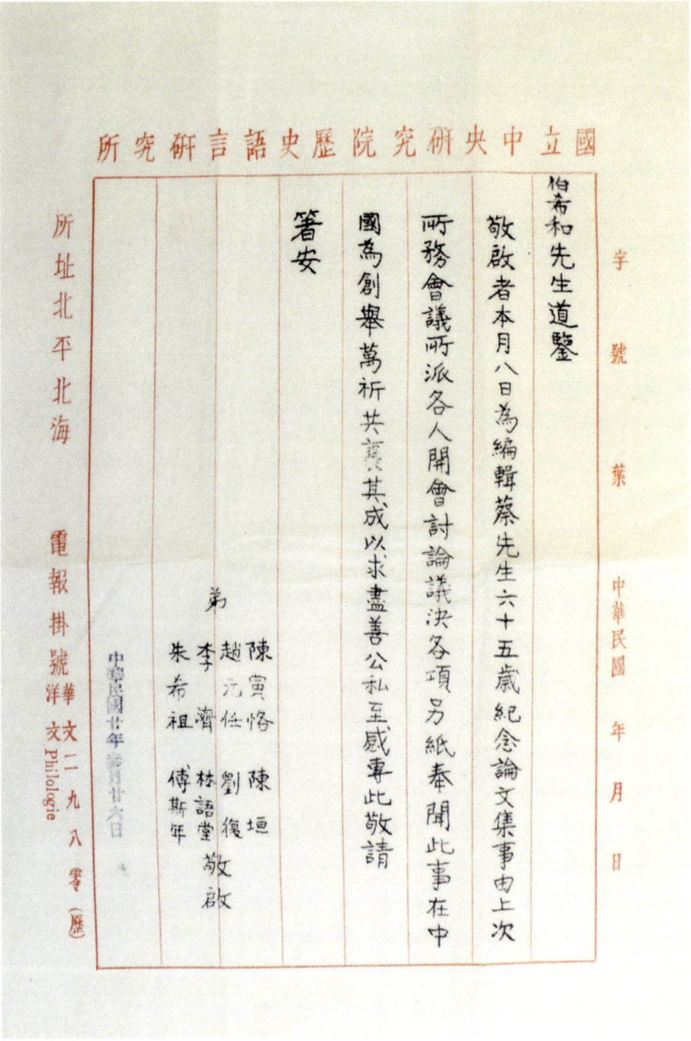

國立中央研究院歷史語言研究所

字　號　葉

中華民國　年　月　日

伯希和先生道鑒

敬啟者本月八日為編輯蔡先生六十五歲紀念論文集事由上次所務會議所派各人開會討論議決各項另紙奉聞此事在中國為創舉萬祈共襄其成以求盡善公私至感專此敬請

箸安

弟 陳寅恪 陳垣 趙元任 劉復 李濟 林語堂 朱希祖 傅斯年 敬啟

中華民國廿年[illegible]月廿六日

所址北平北海

電報掛號 華文二一九八零（歷） 洋文 Philologie

陈寅恪（一）致伯希和信

〔一九三三年八月九日（二）〕

伯希和先生著席：

台从前游北平（三），获承

执益，欣慰曷极。清华同事友人浦江清（四）先生游历贵国，嘱寅恪作书介绍于先生。浦先生在清华讲授中国文学史，凡巴黎图书馆（五）等处藏有汉文珍贵材料可供研究者，尚祈执事指导与以便利。庶几浦先生得择其精要者迻录东归，不负此次西游万里之行，皆

先生之厚惠也，感幸何可胜言。自

公离北平后，北平图书馆（六）又发见明初刊本元朝秘史残册，惜

公不及见之。陈援庵（七）先生已作一校勘记，可以取阅也。又

大著蒙古史论文，前在平时承

允惠赐一份，未及走领而

台从已西归，尚乞便中寄下为荷。专请

撰安

弟陈寅恪再拜

八月九日

书于青岛旅次

（一）陈寅恪（一八九〇——一九六九）　江西修水人。历史学家、古典文学研究家、语言学家、诗人。早年留学日本、欧洲、美国，曾任职清华大学、燕京大学、中山大学等。一九二五年经王国维写信引荐在巴黎拜访并结识伯希和，自此展开学术交往。曾致力于研究与敦煌发现相关的佛学经典、蒙古源流等。著有《金明馆丛稿初编》《金明馆丛稿二编》《隋唐制度渊源略论稿》《唐代政治史述论稿》《柳如是别传》等著作。

（二）信件来源：《陈寅恪集·书信集》第一六九—一七〇页，生活·读书·新知三联书店二〇〇九年版。时间为书信集中标注。

（三）一九三二—一九三三年，伯希和为考察中国学术状况并为巴黎大学中国学院采购书籍再次访华。陈寅恪曾出席陈垣组织欢迎伯希和的私人宴请。

（四）浦江清（一九〇四——一九五七）　江苏松江人。古典文学研究家。时任清华大学国学研究院陈寅恪助教。曾携此信到巴黎拜访伯希和，是否见到伯希和本人不详；本信为何被浦江清收藏原因不详。

（五）巴黎图书馆　法国国家图书馆。最早建馆可追溯到十四世纪查理五世的国王图书馆，一七九二年更名为国家图书馆。

（六）北平图书馆　一九〇九年，清学部筹建京师图书馆。一九二八年，国民党政府大学院将其更名为国立北平图书馆。

（七）陈援庵　指陈垣（参见陈垣致伯希和一九二四年二月十四日信批注（一一））。

陈垣（一）致伯希和信

［一九二四年二月十四日（二）］

伯希和先生阁下，承

示大著及手示均拜读。至为感谢。关于摩尼教（三）史料，尚有嘉定赤城志台州丛书本（四）避暑录话学津讨原本（五）等记载。未识

尊处已见及否，今特另纸录呈。又最近拙著元西域人华化考（六）稿本一部二册，并呈。即乞

教正。无任感盼。专此复谢。敬颂

撰安。

陈垣谨上　二月十四日

（一）陈垣（一八八〇—一九七一） 字援庵、圆庵，笔名谦益、钱罂。广东新会人。中国历史学家、宗教史学家、教育家。曾任辅仁大学、北京师范大学校长，京师图书馆馆长，故宫博物院图书馆馆长，中科院历史研究二所所长等职。一九三三年伯希和访华时曾说：『中国近代之世界学者，惟王国维及陈先生。』其中陈先生即指陈垣。著有《元西域人华化考》《校勘学释例》《史讳举例》《中国佛教史籍概论》等。

（二）年代为吉美博物馆标注，月份和日期为信中标注。本信附图中含信封、名片。

（三）摩尼教 又称牟尼教。发源于古代波斯萨珊王朝，受基督教和伊朗袄教马兹达教义影响，由袄教、基督教和佛教糅杂而成。公元三世纪由摩尼创立。唐朝时传入中国。

（四）《嘉定赤城志》 南宋时期由陈耆卿编撰的台州总志。全志分地理、风土、人物、军防、寺庙等共四十卷。《台州丛书》本指清嘉庆年间临海宋世荦重刻的《台州丛书乙集》本《嘉定赤城志》。

（五）《避暑录话》 北宋末年叶梦得撰二卷书。主要记载名胜古迹、人物行止及经史议论等。《学津讨原》本指清乾嘉学者张海鹏根据个人藏书汇刻的前人著述等，内含《避暑录话》。

（六）《元西域人华化考》 陈垣根据元朝民族史和宗教史研究撰写的专著。元朝曾将人种分为蒙古人、色目人、汉人和南人。陈垣认为西域人主要是指其中的色目人。此书研究元朝进入中原的西域人如何被中原文化同化的。曾在中国及国际学界引起巨大反响，被蔡元培称为『石破天惊之作』。

伯希和先生閣下，承
示大著及手示，均拜讀，至為感謝。關於摩尼教史
料，尚有嘉定赤城志（台州叢書本）、避暑錄話（學津討原本）皆記載，
未識
尊處已見及否。今特另紙錄呈。又最近拙著元西域人
華化考稿本一部二冊，並呈印乞
教正，無任感盼。專此復謝，敬頌
撰安。陳垣謹上 二月十四

眾議院用箋

信封

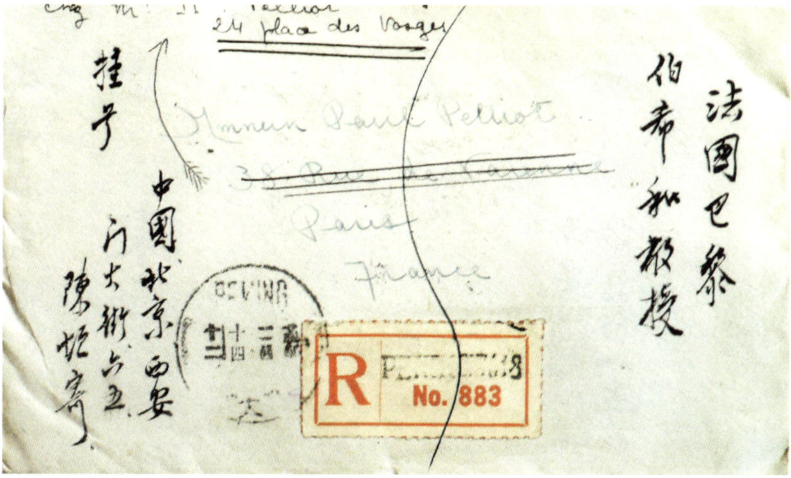
24 place des Vosges
挂号
Monsieur Paul Pelliot
Paris
France
法國巴黎
伯希和教授
中國北京
陳垣寄
R
No. 883

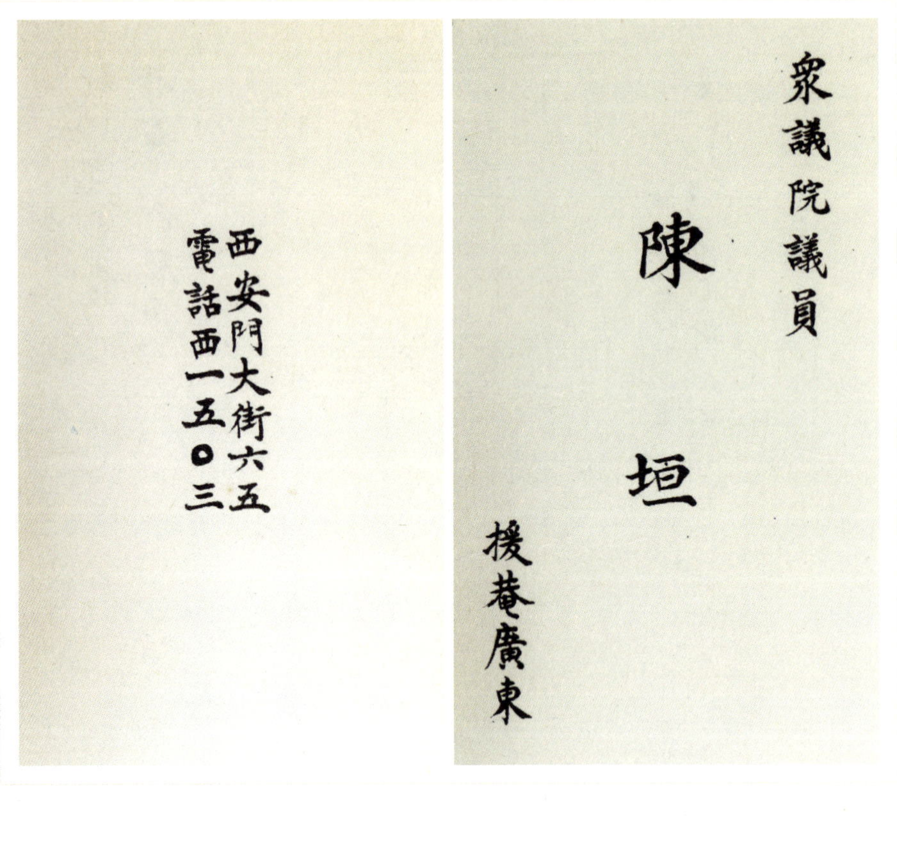

衆議院議員
陳垣
援菴廣東

西安門大街六五
電話西一五〇三

陈垣致伯希和信

［一九二七年七月十二日（一）］

伯希和先生史席，承赠大著十五册，至为感谢。又九册，已于五月卅一日转交王国维（二）先生。但交王先生之第三日，即闻其沈渊而死。未识其所著鞑靼考（三），已寄尊处否。至为可惜。

承询李问渔（四）所著之徐光启传（五），即徐文定公集卷首之徐文定行实，又丁志麟（六）所著之杨廷筠传（七），即附于代疑篇末之杨淇园行实，前已检寄各一部，乞为查收。

又顾颉刚（八）所著之古史辨，亦已检寄。

杨廷筠所著书，千顷堂书目（九）内，尚见有数种，但原书尚未寻得。尊处所得之杨廷筠事实，能赐示尤感。

元史译文证补（十）所称关于也里可温（十一）之北固山下残碑，即至顺镇江志（十二）之大兴国寺碑，想尊处已见之也。

阿尼哥（十三）子孙事迹，在他人文集中，尚未有发见。

巴黎图书馆所藏之名理探十伦（十四），能用照像法照出否，需费几何，便乞示知为盼。

鄙人近著有足本西游录校注（十五），印成后将请教。专此谨颂

著安

陈垣敬上　七月十二日

（一）年代为吉美博物馆标注，月份日期为信中标注。

（二）王国维　参见王国维致伯希和一九二〇年八月十三日信批注（一）。

（三）《鞑靼考》　王国维一九二五年完成的论文。主要研究早期蒙古族史。

（四）李问渔（一八四〇—一九一一）　名杕，原名浩然。曾做基督教神父、宗教翻译家、震旦学院院长。曾为《徐文定公集》撰写《徐文定公行实》文。

（五）《徐光启传》　徐光启（一五六二—一六三三），明万历年间进士，曾师从利玛窦学天文、历算、火器等，后任明天启年间礼部右侍郎，崇祯年间礼部尚书兼东阁大学士。与徐光启生平事迹有关的传记有《明史·徐光启传》、清朝查继佐所著《徐光启传》及一九〇九年由上海慈母堂印书馆刊印的《增订徐文定公集》，该集卷首有李问渔所写《徐文定公行实》。

（六）丁志麟（？—？）　福建晋江人，艾儒略传教助手。

（七）杨廷筠（一五六二—一六二七）　字仲坚，号淇园，洗名弥格（Michael）。一五九二年进士，曾任监察御史。一六〇〇年结识利玛窦并开始与之交往，出儒入佛，后改奉天主教，与徐光启、李之藻并称为中国天主教三大柱石。《杨廷筠传》，在这里专指杨廷筠《代疑编》末所附丁志麟所写的《杨淇园先生超性事迹》，又称《杨淇园行实》，后由上海土山湾印书馆刊载。

（八）顾颉刚（一八九三—一九八〇）　江苏苏州人。历史学家。古史辨派的主要代表人物。古史辨派是中国新文化运动以后出

现的一个以『疑古辨伪』为特征的中国史学、经学研究的学术流派。《古史辨》是其研究成果汇集，共七册。

（九）《千顷堂书目》 指中国明代史学家、藏书家黄虞稷以自己藏书为基础编撰的以明代为主的著述目录，全书三十二卷，分为经史子集四部四十九类。一九一三年被收入《适园丛书》第二集。

（十）《元史译文证补》 指曾任清翰林院修撰的清末外交家洪钧在翻译金楷利帮助下撰写的补正元史类译著。开创了中国史学界利用外国史料研究元史的先例。

（十一）也里可温 元朝人对基督教徒和教士的通称。

（十二）《至顺镇江志》 今江苏省镇江市的古地方志。元代人俞希鲁编撰，共二十一卷首一卷。

（十三）阿尼哥（一二四四—一三〇六） 尼波罗国（今尼泊尔）人。元朝建筑师、雕塑家、工艺美术家。

（十四）《名理探》十伦 明末科学家、翻译家李之藻等翻译的《亚里士多德辩证法概论》，译本共计十卷。西方逻辑学著作中文译本中的最早作品。

（十五）《西游录校注》 《西游录》为中国元代学者和政治家耶律楚材关于西游见闻的游记。一九二六年日本学者神田信畅发现旧抄足本《西游录》，并于次年付印。之后罗振玉又重印，王国维也有抄录。《西游录校注》为陈垣对此书所做考释。

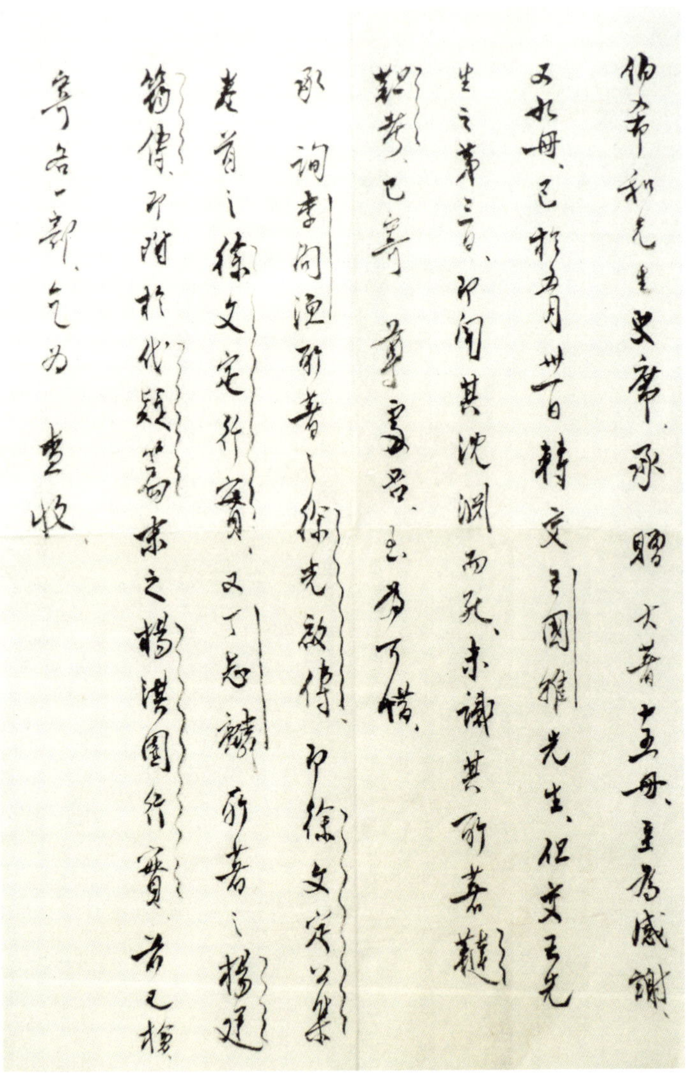

伯希和先生史席：承贈大著十五册，至為感謝。又九册已於五月卅日轉交王國維先生，但交王先生之第三日，即聞其沈淵而死，未識其所著《聖武親征》已寄尊寓否，至為可惜。承詢李問漁所著之《徐光啟傳》，即《徐文定公集》卷首之《徐文定行實》。又丁志麟所著之《楊廷筠傳》，即附於《代疑篇》末之《楊淇園行實》者也。檢奉各一部，乞為查收。

又顧頡剛所著之古史辨、亦已檢寄、
楊廷筠所著書、千頃堂書目、尚見有數種、但
其書尚未尋得、尊處所謂之楊廷筠事實、
能賜示尤感、
元史譯文證補所稱闊於也里可溫之北固山下殘
碑、即至順鎮江志之大興國寺碑、想 尊處
已見之也、
阿老哥子孫事績、在他人文集中、尚未有發

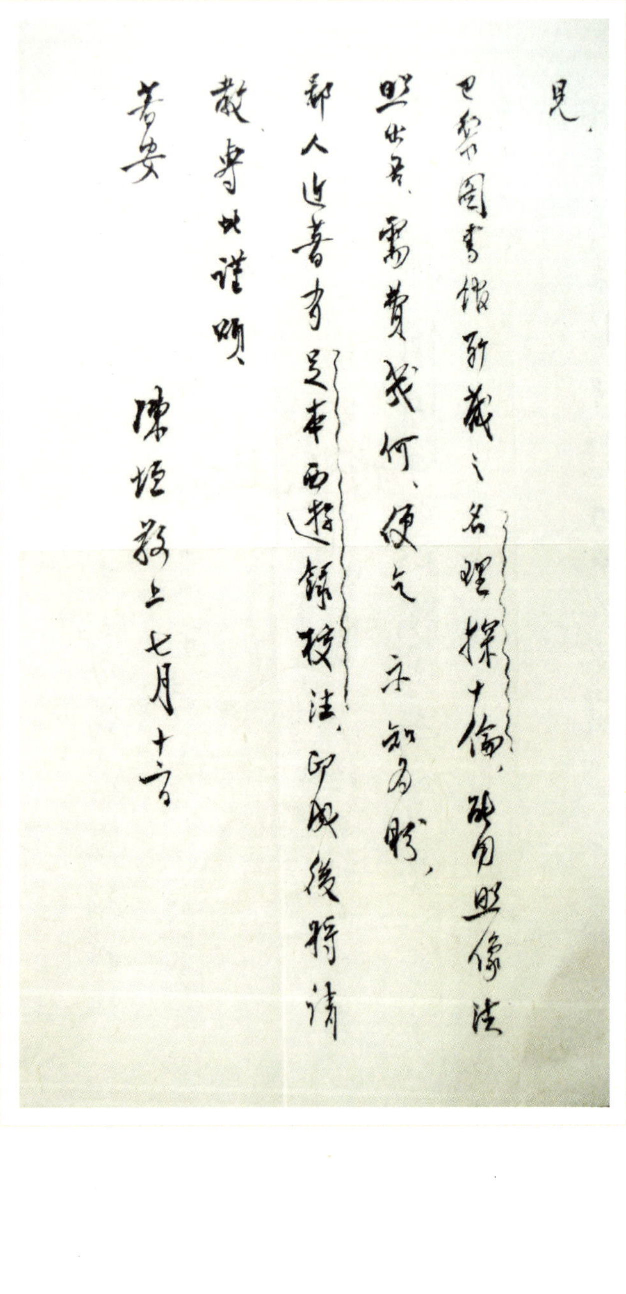

見，

巴黎圖書館所藏之名理探十倫，聞有照像法

照出者，需費幾何，便乞示知為盼，

鄙人近著有足本西遊錄校注，印成後將請

教，專此謹頌

著安

陳垣啓上 七月十三

陈垣致伯希和信

〔一九三三年一月二十三日〔一〕〕

伯希和先生撰席：

顷谈〔二〕俄京所藏《元秘史》〔三〕来历，当系俄主教拍雷狄斯〔四〕于同治十一年（一八七二年）在中国所得之本。今承先生摄影分赠北平图书馆，吾人至深感谢。此本卷一首叶有『玉雨堂印』及『韩氏藏书』印，卷十五末叶有『韩泰华印』『小亭』二字朱文印。

韩泰华字小亭，钱塘人，道光间官陕西，晚居金陵，著有《无事为福斋随笔》二卷，潘祖荫刻入《功顺堂丛书》，又著有《玉雨堂书画记》四卷，为自刻《玉雨堂丛书》十种之一。今景教碑侧刻有大字云，『咸丰己未武林韩泰华来观』云云，即此人也。此本《元秘史》即其所藏。连筠簃《元秘史》张穆跋所谓『道光廿七年复从仁和韩氏借得影钞原本，校对无讹』，即此本也。后为拍雷狄斯所得。

此本卷七末叶有小字一行云：『嘉庆乙丑元宵从刻本补写讫，通介叟记。』卷九末叶又有小字一行云：『嘉庆乙丑二月廿一日从刻本补写，七十八叟识。』通介叟系鲍廷博自号，《读画斋丛书》《玉山逸稿》有通介居士鲍廷博跋。鲍廷博与钱大昕先生同生于雍正六年（一七二八年），至嘉庆十年乙丑（一八〇五年）正七十八岁。则此本实原为鲍氏知不足斋所藏。鲍氏从《永乐大典》钞出，又曾从刻本补写，后归韩氏者也。

往年垣曾由上海涵芬楼（五）假得顾千里原校本，以校叶氏刻本，得讹误数百条。叶氏所据本系文廷式钞本，今又藏敝处。垣甚欲以先生所赠图书馆之鲍本，合文本再校一次。文本从顾本出，顾本从刻本出；鲍本从《大典》出，《大典》本亦从刻本出，而分卷不同，盖钞入《大典》时变为《大典》卷数（五一七九至五一九三），而不依刻本原来之卷数也。管见如此，先生以为何如？乞不吝赐教为幸。专此，即请晨安。陈垣谨上。一九三三年一月廿三夕。

（一）时间为信中标注。信件来源：《陈垣来往书信集》第四一七—四一八页。陈智超编注，上海古籍出版社一九九〇年版。吉美博物馆中未收藏此信。根据书信集编注者所提供信息，原稿藏于励耕书屋。

（二）一九三三年一月期间，伯希和为巴黎大学中国学院采购书籍停留北京。陈垣曾于十四日晚在丰盛胡同谭宅私家菜馆宴请伯希和，陈寅恪、胡适、柯凤荪、杨雪桥等作陪。参见《陈垣来往书信集》第一七八页陈垣致胡适信。

（三）《元秘史》指《蒙古秘史》汉译本。《蒙古秘史》为十三世纪蒙古国官修史书，原文为畏兀儿体蒙古文所写叙事诗。明洪武年间翰林侍讲火原洁、编修马沙亦黑以汉字音写蒙古语，逐词旁注汉译，分段节译，并将此译本题名为《元朝秘史》，共十二卷。后编入明《永乐大典》时，按大典编目分为十五卷。故有十二卷和十五卷两个版本。十二卷本分顾本和叶本。顾本为清古籍校勘家顾广圻参照旧抄本和其他抄本校勘而成，收藏于上海涵芬楼；叶本亦称观古堂本，是清翰林院文廷式在一八八五年从顾本抄出，后为叶德辉所有，再被陈垣收藏。十五卷本为清藏书家鲍廷博从《永乐大典》抄出，只有总译没有旁注，被韩泰华收藏，并于一八〇〇年由清代著名史学家、语言学家钱大昕写跋，称为顾本或钱本，后被俄驻北京学者拍雷狄斯（即鲍乃迪）收藏。此信之前陈寅恪曾在巴黎伯希和家中见过韩本（参见《陈垣来往书信集》第三七八页，陈寅恪一九三三年五月四日致陈垣信）。

（四）拍雷狄斯（一八一七—一八七八） 俄国早期汉学家，曾在中国传教。《元秘史》是其在中国收集并发表的重要文献之一。

（五）涵芬楼 一九〇九年商务印书馆为便于编辑和收藏而设的图书资料室名。以收藏古籍善本著称，曾编有《涵芬楼秘笈》等。

董康〔一〕致伯希和信

［一九一二年〔二〕］

伯希和先生阁下燕市分襟〔三〕迅经三载瀛寰西望思慕良深敝国自去秋革命〔四〕事起刹那之顷顿易市朝变幻之速历史所罕弟廿载京曹两经兵燹兰成身世感何可言春间时局粗定自维满清旧臣未宜仍列政界投劾归来侨居日本京都之东山风景清嘉纤尘不染日惟点勘残编以遣岁月而已日本狩野博士〔五〕邃于汉学著述宏深凡经史诸子下逮说部靡不探其奥蕴刻因研究环球文学遍历欧西久仰鸿名属为绍介两贤同堂晤对定恨相见之晚所有敦煌遗迹务恳先生一一道观他日载笔归来庶我东方学子亦可窥见贵国文学之涯涘也年来校刻书版咸在鄂渚幸赖上苍眷佑未付劫灰兹已托人赴鄂清理俟刷印成书再邮寄请

先生鉴定端忠敏方〔六〕被戕蜀西前

先生寄下之玻璃影片存于彼处未卜存亡惟其中紧要各种已由罗叔蕴君〔七〕录出拟选择付梓以副

公殷殷之雅如蒙

惠函请寄日本京都东山净土寺町真如堂北里〔八〕不误专肃即请

著安并颂

起居万福

董康顿首

（一）董康（一八六七—一九四七） 号诵芬室主人。江苏武进（今常州）人。藏书家、法律家、大律师、戏曲研究家。曾任法学教授，民国政府司法总长、财政总长等职。中国历史上首部宪法性文件《钦定宪法大纲》起草者，《曲海总目提要》编撰者。此信为作者辛亥革命后避居日本时所写。一九〇九年作者与伯希和初识，并曾与端方等介绍罗振玉等与伯希和相识，之后又与罗振玉等共同编辑刊印源于伯希和影照件的各类敦煌遗书等。

（二）年代为吉美博物馆标注，也与作者信中提及的『去秋革命事起』相符。月份日期未标注。信封上标注『敬求 狩野先生吉携法兰西交 伯希和先生手启 董康缄敂』字样。

（三）燕市分襟 指一九〇九年董康与伯希和初识北京后。

（四）去秋革命 指辛亥革命。董康自此再度东渡日本研习法律及戏曲等。

（五）狩野博士 指狩野直喜（一八六八—一九四七），号君山。汉学家，中国戏曲研究家。日本汉学实证学派奠基人，『京都支那学』开创者。一九一二年在董康引荐下携此信拜见伯希和，亦为其初识伯希和。

（六）端忠敏方 指端方（一八六一—一九一一），托忒克氏，字午桥，谥号忠敏，号匋斋，满洲正白旗人。清大臣，金石学家，中国新式教育创始人之一。武昌起义时被杀。

（七）罗叔蕴君 指罗振玉（参见罗振玉致伯希和一九一三年四月二十一日信批注（一））。

（八）日本京都东山净土寺町真如堂北里 董康旅居日本京都时的居所。

明治四十　年　月　日　No.

伯希和先生閣下：燕市分襟，迅經三
載，瀛寰西望，思慕良深。敝國自去秋
革命事起，剎那之頃，頓易帝朝，變
幻之速，歷史所罕。弟廿載京曹，兩經兵
燹，蘭成身世之感，何可言。春間時局粗定，自
維滿清舊臣，未宜仍列政界，投劾歸
來，僑居日本京都之東山，風景清嘉，
纖塵不染，日惟點勘殘編，以遣歲月而已。日
本狩野博士邃於漢學，著述宏深，凡
經史諸子，下逮說部，靡不探其奧蘊

明治四十　年　月　日

刻因研究環球文學編歷歐西久仰
鴻名屢承紹介　兩賢同堂晤對覺恨
相見之晚所有敦煌遺蹟務望
先生一一道觀他日載筆歸來應
我東方學子亦可窺見　貴國文學之
涯涘也年來校刻書版咸在鄂渚
幸賴　上蒼眷佑未付劫灰茲已託人
赴鄂清理俟刷印成書再郵寄
請

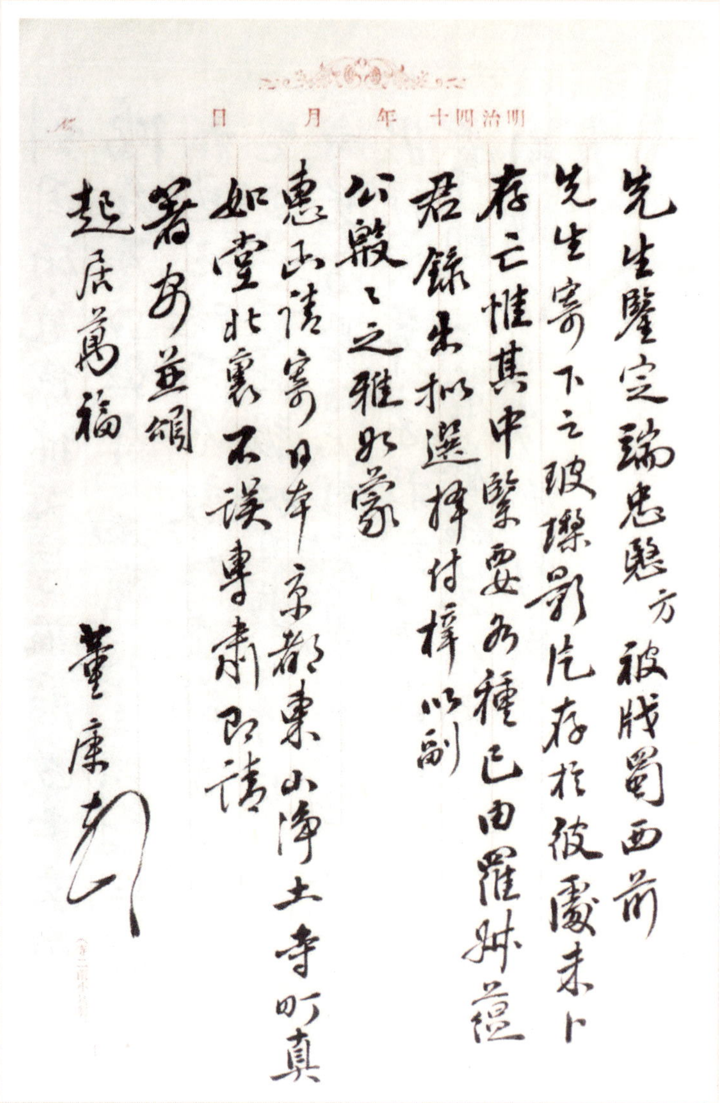
明治四十　年　月　日

先生鑒定端忠愍方
被戕蜀西前
先生寄下之玻璨影片存於彼處未卜
存亡惟其中緊要各種已由羅振玉
君錄出擬選擇付梓以副
公殷殷之雅好蒙
惠函請寄日本京都東山淨土寺町真
如堂北裏不誤專肅即請
著安並頌
起居萬福
董康

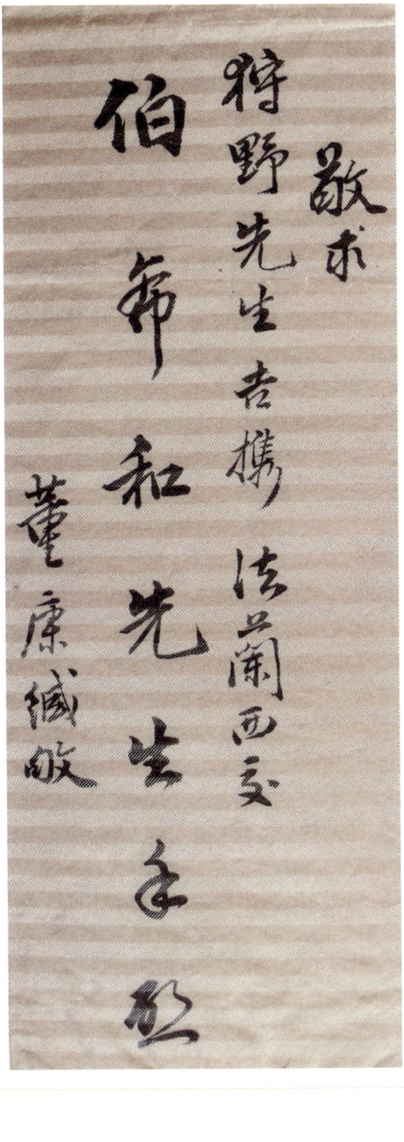

敬求
狩野先生吉携 法蘭西交
伯希和先生手啟
董康緘啟

董康致伯希和信

〔一九一四年一月二十七日（一）〕

伯希和先生阁下岁暮接奉

惠书敬悉种种维时弟适因校写京都大觉寺（二）之文馆词林（三）当先由罗君（四）通函于

座右兹校录事讫谨奉覆如左

敦煌遗籍关涉敝国旧学寔非鲜浅承

先生不弃将玻璃片（五）赐寄千秋秘笈一旦流传艺林学子仰望

先生丰采者咸欲铸金师事之来函仍允将玻璃片续寄尤所欣盼敬恳迅赐寄下弟等当合力刊以行世冀无负执事之苦心也前在北京闻先生言石窟发见之书内有陈伯玉集（六）冥报记（七）及五代时刻板之切韵（八）此数种尤所魂思梦想者未识续寄之玻璃板内有之乎

秘书监志罗君有此书弟方在校订之中拟即付梓但本书于卷七司天监章（九）内略述及回回教中人名及所著书籍并未涉及基督教亦无也里可温（十）等名或曹君（十一）援引有歧误也蒙韪备录（十二）弟处无之当索诸上海友人处如有再行奉寄

石室秘书即执事在北京时所影留之各种由上海有正书局出板惜制版未精行笈中尚有此书俟检出时与所刻之吴梅村集（十三）楹书余录（十四）一并寄呈

大觉寺文馆词林影写高野山弘仁年间（十五）冷然院本（十六）凡二十一轴内一轴重复内第一百六十四言释奠诗（十七）第三百卌八仅存晋张载平吴颂（十八）第六百六十四存下半卷皆诏书适与佚存丛书相接及卷第不明者三小卷一四言赠答诗一唐太宗（十九）与冯盎敕（二十）二首一表均残均未刻本足以补新旧唐书之遗不可枚举其余足以纠正佚存丛书古逸丛书成都杨氏（二十一）本亦复不少弟拟俟春融复赴高野山与原书复校且冀有意外之获然后梓行庶不负搏桑（二十二）之一行也

去年九月杪因事复回北京市朝非昔文献沦亡铜驼之感弥怆于怀图书馆插架皆往年内阁修理大库尘埃内所发见者内宋本相传皆临安旧藏被元兵捆载北来此时亦有散失于外弟略购得数部又翰林院（二十三）储藏之永乐大典（二十四）乃世界著名之书叠经变乱所存不多此时因裁撤翰林院被清闷阁官人盗出今厂肆书友处尚有此书如贵国图书馆欲购之以备东方掌故之参考者弟可代购也

承寄高昌地志考（二十五）谢谢刻属罗君之次子（二十六）翻译至罗君所著之国学丛刊因乱停止出板甚为可惜罗君东渡以来专肆力于龟板文字（二十七）已成数大册约下月可出书矣

方今轮轨四达虽限重瀛如亲几席尚望时锡箴言以为切磋学问之助至通信之处弟寓日本京都东山净土寺町真如堂北里

罗君寓净土寺町马场八九番地信面书汉文即可达也专肃即请

著安

弟董康顿首　一月廿七日

（一）年代为吉美博物馆标注，月份日期为信中标注。

（二）京都大觉寺　日本京都市右京区的寺院，真言宗大觉寺派大本山。

（三）《文馆词林》　唐初许敬宗等奉敕编撰的大型诗文总集，全一千卷，宋以后大半亡遗，日本有部分零卷存世，经董康等发现并传回中国，现存二十七卷及残卷三编。

（四）罗君　及此信所提及『秘书监志罗君』均指罗振玉（参见罗振玉致伯希和一九一三年四月二十一日信批注（一））。

（五）玻璃片　指伯希和所提供的敦煌遗书影照件。

（六）《陈伯玉集》　陈伯玉（六六一—七〇二），名子昂。四川人。唐代文学家，初唐诗文革新人物之一。传世作品有《陈伯玉集》。

（七）《冥报记》　唐代最早的一部志怪小说集，作于唐高宗永徽年间。

（八）《切韵》　中国目前可考的最早的韵书。隋代陆法言著。公元六〇一年成书。原书已经失传，目前可以看到的是敦煌出土的唐人抄本片断和一些增订本。

（九）司天监　官名。掌管观察天文，并推算历法，元初掌天文历象的中央机构。

（十）也里可温　参见陈垣致伯希和一九二七年七月十二日信批注（十一）。

（十一）曹君　指曹元忠（一八六五—一九二三），号君直。晚清藏书家、校勘学家。曾于一九〇九年与董康等同期结识伯希和。

（十二）《蒙鞑备录》　南宋赵珙撰。为其出使燕京时，见到总领蒙古大军攻金的木华黎国王的见闻录。王国维在一九二六年《蒙鞑备录笺证》中进行了勘正。

（十三）《吴梅村集》　吴伟业（一六〇九—一六七一），字骏公，号梅村。明清之际诗人。有《吴梅村集》传世。

（十四）《楹书余录》　参考《楹书隅录》。是清末四大藏书楼之一海源阁第二世主人杨绍和撰写的善本解题目录。

（十五）弘仁年间　弘仁，日本年号之一。指八一〇—八二四年。

（十六）冷然院　日本平安时期后宫之一，建于嵯峨天皇弘仁年间。

（十七）释奠诗　释奠祭祀仪式自古有之。魏晋南北朝时期，帝王及太子屡行释奠之礼，以祭祀孔子，由此产生释奠诗。

（十八）张载平吴颂　指《文馆词林》部分残章。

（十九）唐太宗　李世民（五九八—六四九）。唐朝第二个皇帝。公元六二六年发动玄武门之变，不久继位，改元贞观。对内实施贞观之治，对外开疆拓土，为之后盛唐奠定重要基础。

（二十）冯盎（五七一—六四六）　隋末唐初地方大臣。

（二十一）杨氏　指杨守敬（一八三九—一九一五），出生于湖北陆城。清末民初历史地理学家、金石学家。一八八〇—一八八四年曾任驻日钦使随员。《古逸丛书》是其根据在日期间所搜集中国失传古籍整理刻印的。

（二十二）搏桑　即扶桑，指日本。

（二十三）翰林院　唐朝开始设立，明、清成为养才储望之所。负责修书撰史，起草诏书，侍读皇室成员，担任科举考官等。一九〇五年随科举制度废除消失。

（二十四）《永乐大典》　编撰于明永乐年间，中国百科全书式文献集，共二万二千九百三十七卷，一万一千〇九十五册。正本下落不明。副本部分曾存于清翰林院，后在战乱等中不断遗失，散佚世界各地。

（二十五）高昌地志考　伯希和所写文章《高昌和州火州哈喇和卓考》。该文曾刊于《亚洲报》一九一二年五、六月刊。后沈承钧曾翻译该文并刊于《西域南海史地考证译丛》第七编。

（二十六）罗君之次子　指罗振玉次子罗福苌（一八九五—一九二一），字君楚。生于江苏淮安府，祖籍浙江上虞县。语言学家、历史学家。

（二十七）龟板文字　指甲骨文字。与此信同期罗振玉曾编著《殷虚书契前编》《殷虚书契菁华》《殷虚书契考释》等。

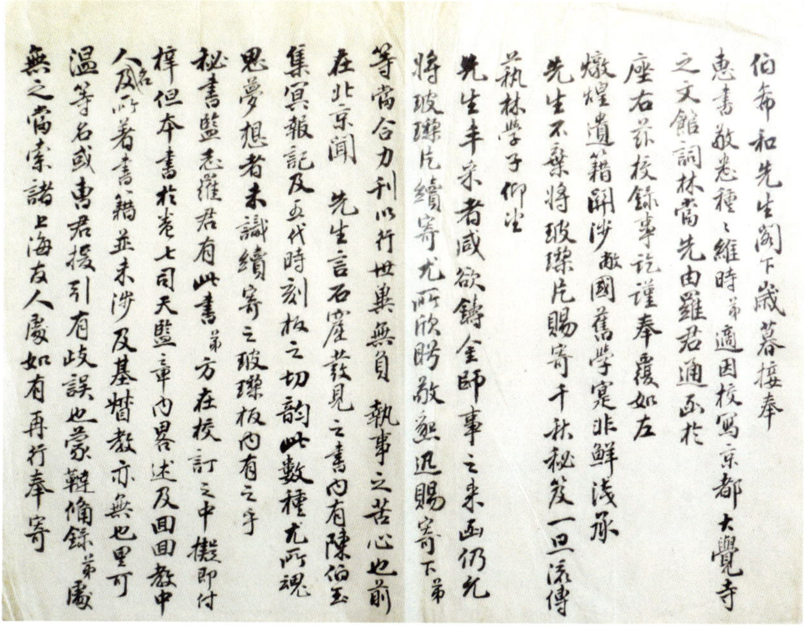
伯希和先生閣下歲暮接奉
惠書敬悉種種維時弟適因校寫京都大覺寺
之文館詞林當先由羅君通函於
座右并校録事訖謹奉覆如左
燉煌遺籍關涉敝國舊學寔非鮮淺承
先生不棄將玻璃片賜寄千秋秘笈一旦流傳
藝林學子仰望
先生手采者咸欲鑄金師事之來函仍允
將玻璃片續寄尤所欣盼敬懇迅賜寄下弟
等當合力刊以行世冀無負執事之苦心也前
在北京聞先生言石室藪見之書內有陳伯玉
集冥報記及五代時刻板之切韻此數種尤所覬
思夢想者未識續寄之玻璃板內有之乎
秘書監志羅君有此書弟方在校訂之中擬即付
梓但本書於卷七司天監章內畧述及回回教中
人名及所著書籍並未涉及基督教亦無也里可
溫等名或書君援引有歧誤也蒙韃備録弟處
無之當索諸上海友人處如有再行奉寄

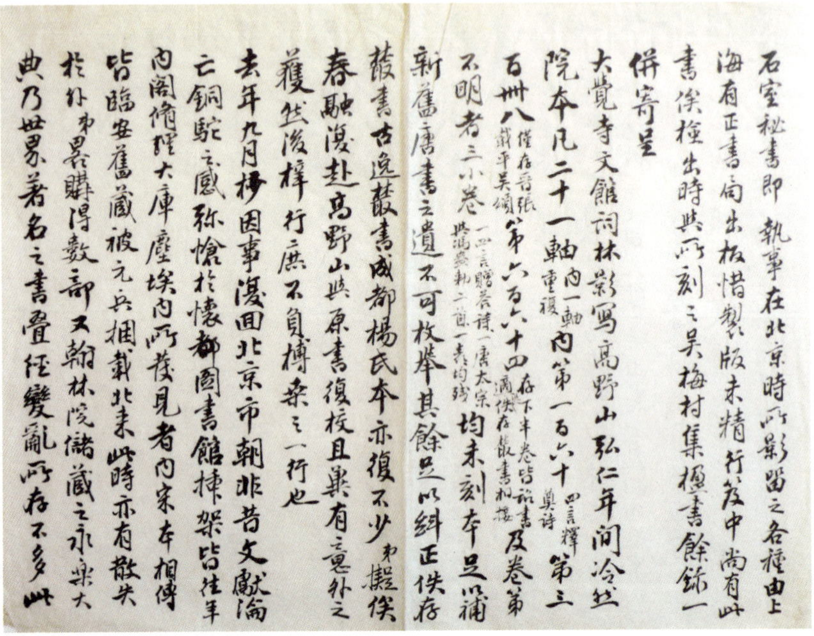
石室秘書即　執事在北京時所影留之各種由上
海有正書局出板惜製版未精行笈中尚有此
書俟撿出時與所刻之吳梅村集模書餘錄一
併寄呈
大覺寺文館詞林影寫高野山弘仁年間冷然
院本凡二十一軸（內一軸重複）內第一百六十（四言釋奠詩）第三
百卅八（僅存晉張載平吳頌）第六百六十四（存下半卷皆詔書適與佚存叢書相接）及卷第
不明者三小卷（一四言贈答詩一唐太宗與高麗敕二道一表均殘）均未刻本足以補
新舊唐書之遺不可枚舉其餘足以糾正佚存
叢書古逸叢書成都楊氏本亦復不少弟擬俟
春融復赴高野山與原書復校且冀有意外之
獲然後梓行庶不負榑桑之一行也
去年九月杪因事復回北京市朝非昔文獻淪
亡銅駝之感殊愴於懷都圖書館棟架皆往年
內閣繙檢大庫塵埃內所發見者內家本相傳
皆臨安舊藏被元兵捆載北來此時亦有散失
於外弟曩時購得數部又翰林院儲藏之永樂大
典乃世界著名之書疊經變亂所存不多此

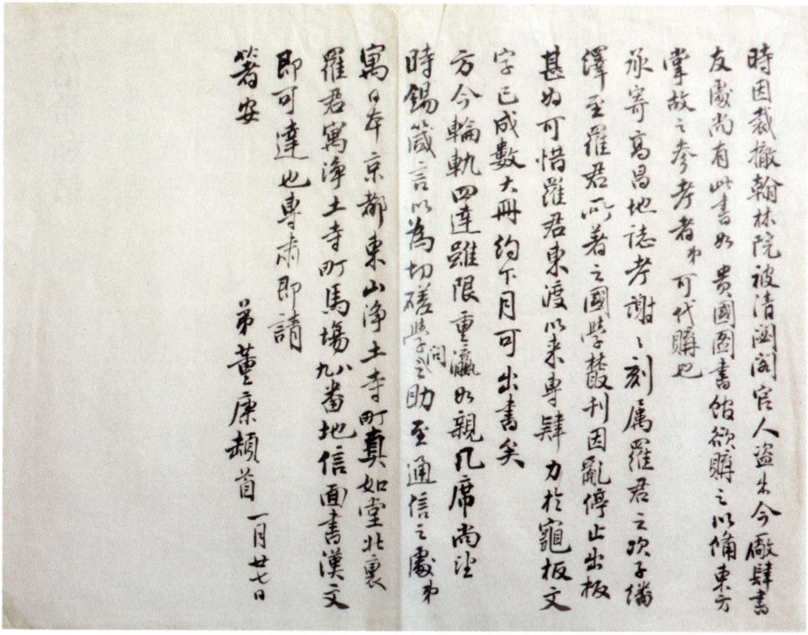

時因裁撤翰林院被清閟閣官人盜出今敝肆書
友處尚有此書也 貴國圖書館欲購之以備東方
掌故之參考者亦可代購也
承寄高昌地誌考謝謝刻羅君之次子備
擇至羅君所著之國學叢刊因亂停止出板
甚爲可惜羅君東渡以來專肆力於龜板文
字已成數大冊約下月可出書矣
方今輪軌四達雖限重瀛如親几席尚望
時錫箴言以爲切磋學問之助至通信之處亦
寓日本京都東山淨土寺町真如堂北裏
羅君寓淨土寺町馬場八九番地信面書漢文
即可達也專肅即請
箸安
弟董康頓首 一月廿七日

董康致伯希和信

［一九二七年九月二十四日（一）］

伯希和先生伟鉴巴黎一别遂又五年天末凉风可胜企结归国以后政局日非贪墨当路无复足顾江湖自放日惟怀铅握椠以适性志而已去岁之秋北伐军与康偲东南诸省再罹战祸出吁和平冀回劫运致触北方军阀之忌矰缴密布欲得甘心因于岁莫风雪中仓皇东渡以避凶锋今岁端阳始赋归欤此行晤内藤君（二）手录邱本敦皇秘笈不下十万言东京内阁文库（三）异书多所寓目流离多难之秋犹能与平生嗜好为缘亦云厚幸尝草东航日历略志鸿雪异时脱稿当奉教也康于一九二二年归途过日访得高野山藏唐写本文馆词林若干卷乞借影照近成印本（四）百帙散去什九余书十帙将留为贵邦同好共此欣赏帙直银三百圆又有盛明杂剧二集（五）校刻有年今亦出版每部直银五十五年来寒苦生涯尽耗于两书之中欲求先生介绍于贵国公私藏家以易金钱稍稍抒居闲之困阸想先生不惜齿芬之惠也两书各以一部赠先生托同学余乃仁君带呈敬乞詧存　余君毕业于康所创办之上海法科大学成绩甚优今游学

贵国诸望
推分接引为感瞻望
海天书不尽意敬请
纂安统惟
垂照

弟董康顿启　一九二　年九月廿四日

（一）吉美博物馆将此信收入一九三四年档案，但信尾标有一九二　年九月廿四日，又有铅笔字迹在该年代空白处标注一九二六年。但根据文中提及『去岁之秋北伐军……』，此信最早应该写于一九二七年。月份日期为信中标注。信封上标有『外文馆词林盛明杂剧二集各一部　敬烦　余乃仁君吉便携致为恳　伯希和先生　大启　董康拜托』字样。本信附图含信封。

（二）内藤君　指内藤湖南（一八六六—一九三四），本名内藤虎次郎。日本秋田县人，汉学（中国学）京都学派创始人之一。代表作品有《中国史学史》《近世文学史论》。

（三）东京内阁文库　日本一所专门收藏汉、日文古籍的图书馆。

（四）指董康在日期间整理之手写本《文馆词林》（参见董康致伯希和一九一四年一月二十七日信批注（三））。

（五）《盛明杂剧》　明沈泰编明代人所作杂剧选集。共六十种，分一、二两集。明原刻本已不易得，此为董康诵芬室翻刻本。

伯希和先生律鑒巴黎一別遂又五年天末涼風可勝企結歸國以後政局日非貪墨當路無復足顧江湖自放日惟懷鉛握槧以適性志而已去歲之秋北伐軍興康愳東南諸省再罹戰禍出籲和平冀回劫運致觸北方軍閥之忌增檄察布欲得甘心因於歲莫風雪中倉皇東渡以避兇鋒今歲端陽始賦歸歟此行晤內藤君手錄

印本敦皇秘笈不下十萬言東京內閣文
庫異書多所寓目流離多難之秋猶能與
平生耆好為緣亦云厚幸嘗草東航日曆
略志鴻雪異時脫稿當奉
教也康於一九二二年歸途過日訪得高
野山藏唐寫本文館詞林若干卷乞借影
照近成印本百帙散去什九餘書十帙將
留為

貴邦同好共與欣賞（帙直銀三百圓）又有盛明雜
劇二集校刻有年今亦出版（每部直銀五十）五年
來寒苦生涯盡耗於兩書之中欲求
先生介紹於　貴國公私藏家以易金錢
稍稍紓居閒之困阸想
先生不惜齒芬之惠也兩書各以一部贈
先生託同學　余乃仁君帶呈敬乞
詧存　余君畢業於康所創辦之上海法

科大學成績甚優今遊學
貴國諸望
推分接引為感瞻望
海天書不盡意敬請
纂安統惟
垂照
弟董康頓啓
一九二 年九月廿四日

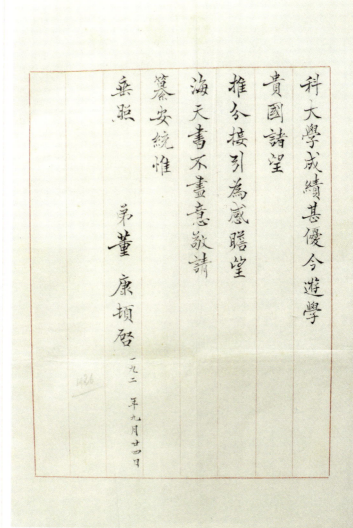

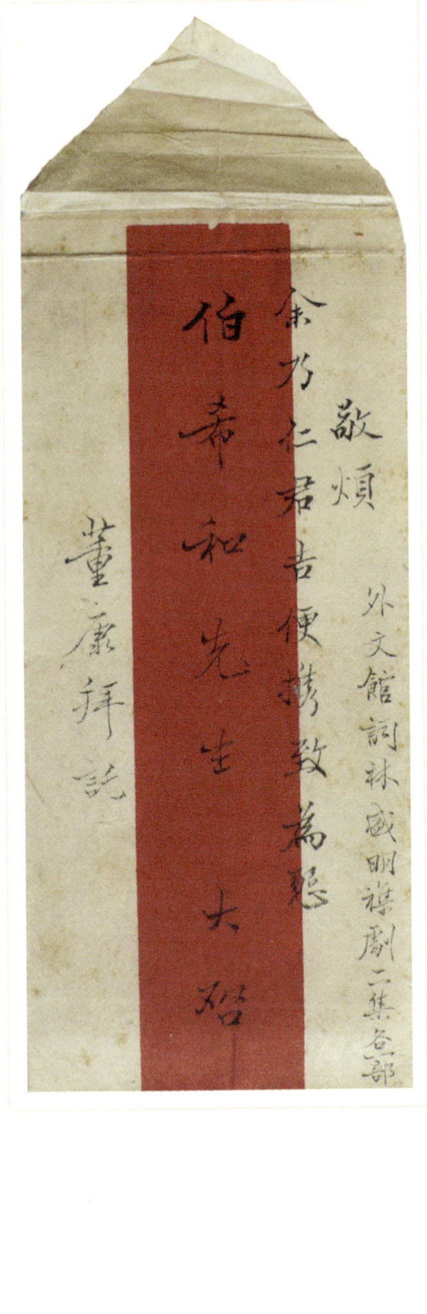

信封

傅斯年[一]致伯希和信

[一九二九年四月二十七日[二]]

（中文译稿）

电话号码：W. 5367

一九二九年四月二十七日

亲爱的伯希和教授：

信封中所附支票是您一九二九年一月到三月的工资[三]，共计三百元，请查收。由于我不在上海，所以没能及时支付给您。以后的工资将在每个季度末支付给您。

所中与您相关的工作和进程将另信告知。

您忠诚的

傅斯年

（内含支票一张，票号 3331 33）

（一）傅斯年（一八九六—一九五〇） 字孟真。山东聊城人。历史学家、教育家。曾任国立北京大学代理校长、台湾大学校长。一九二八年创建国立中央研究院历史语言研究所，并任所长。此信写于傅斯年任所长期间。著有《东北史纲》《中西史学观点之变迁》《民族与古代中国》等。

（二）时间为信中标注。信纸题头标有『国立中央研究院 上海亚尔培路二〇五号 NATIONAL RESEARCH INSTITUTE 205, AVENUE DU ROI ALBERT SHANGHAI, CHINA』字样。译注未对英文原稿拼写进行勘正。

（三）其间伯希和受聘为历史语言研究所外国通讯员，后被聘为国立中央研究院研究员。

Telephone No. W.5367

April 27, 1929

Dear Prof. Pelliot,

Enclosed please find a cheque for the sum of Three Hundred Chinese Dollars ($300Mex.). This is the payment of your salary from January to March incluse 1929. The delay is due to my absence from Shanghai. In the future payment will be done at the end of each quarter of the year.

Work and progress of our Institute will be related to you in a separate letter.

Yours Sincerely,

Fu Ssu-nien

Incl.

1cheque No. 3,331 33

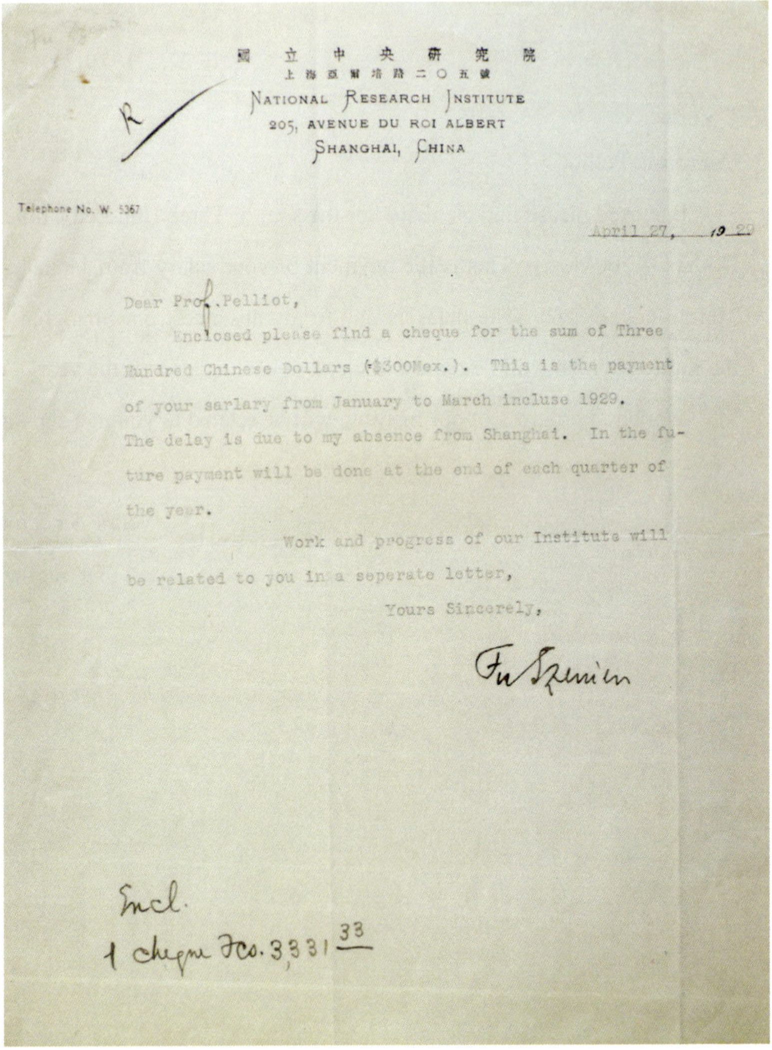

國立中央研究院
上海亞爾培路二〇五號
NATIONAL RESEARCH INSTITUTE
205, AVENUE DU ROI ALBERT
SHANGHAI, CHINA

R

Telephone No. W. 5367

April 27, 1929

Dear Prof.Pelliot,

Enclosed please find a cheque for the sum of Three Hundred Chinese Dollars ($300Mex.). This is the payment of your sarlary from January to March incluse 1929. The delay is due to my absence from Shanghai. In the future payment will be done at the end of each quarter of the year.

Work and progress of our Instituts will be related to you in a seperate letter,

Yours Sincerely,

Fu Szenien

Encl.
1 cheque Fcs. 3,331.33

傅斯年致伯希和信

〔一九三四年八月五日（一）〕

中华民国二十三年八月五日斯年大彩在北平结婚谨此奉告

傅斯年
俞大彩
敬启

（一）时间为信中标注。本信附图含信中附地址附页，上书有『北平护国寺街前铁匠营一号傅 后门内三眼井横栅栏一号俞缄』字样。

北平
護國寺街前鐵匠營二號傅
後門內三眼井橫柵欄二號俞
緘

中華民國二十三年八月五日斯年大綵在
北平結婚謹此奉告

傅斯年
俞大綵
敬啟

国立北京大学研究所国学门（一）致伯希和信

〔一九二四年十一月三日（二）〕

敬启者兹本学门征集本学门导师通信员（三）像片以便悬挂敬祈将
台端最近之玉照寄下一张为荷专此敬
颂
著祺

国立北京大学研究所国学门启　十三·十一·三·

（一）国立北京大学研究所国学门　后更名为国立京师大学校国学研究馆、北京大学研究院文史部。初创于一九一八年，一九二一年正式命名为国学门，胡适、傅斯年等曾任所长。主要从事历史研究和考古工作。

（二）时间为信中标注。『十三』指民国十三年。信纸上标有『国立北京大学用笺』字样。

（三）伯希和时任该所通讯员。

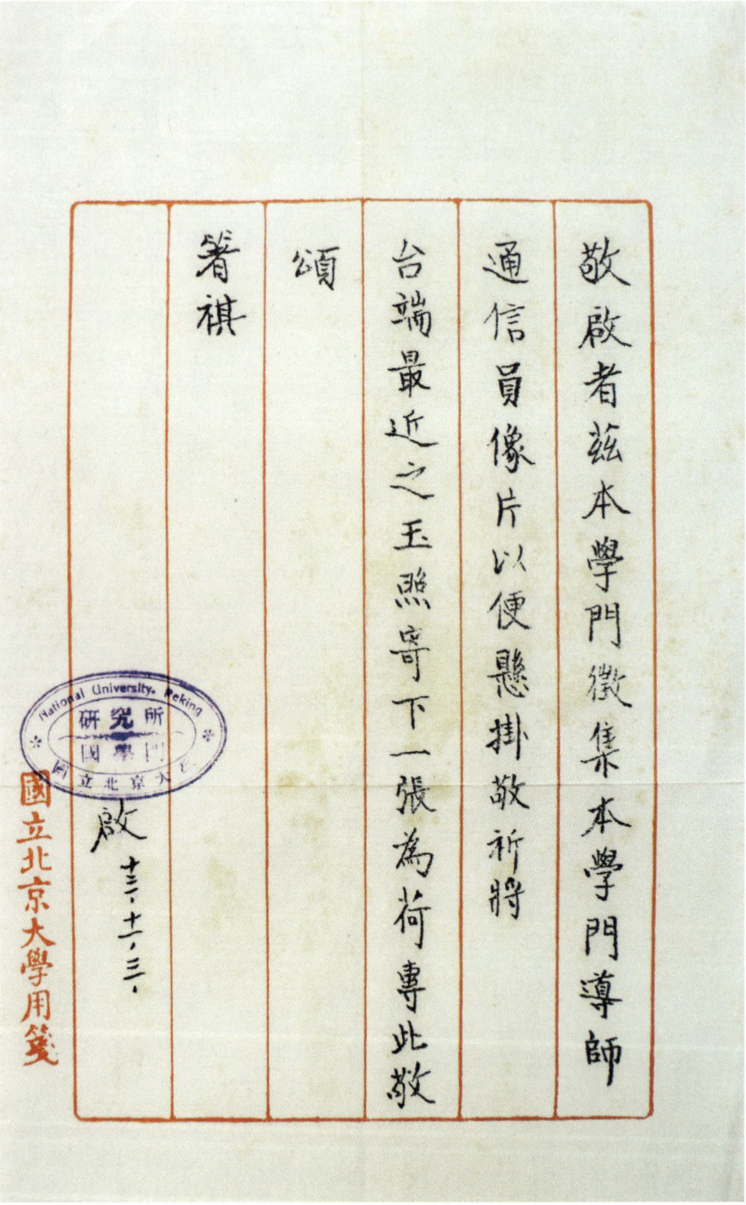
敬啟者茲本學門徵集本學門導師
通信員像片以便懸掛敬祈將
台端最近之玉照寄下一張為荷專此敬
頌
著祺
啟 十三、十、三、

国立中央研究院历史语言研究所〔一〕致伯希和信

〔一九三四年六月十二日〔二〕〕

敬启者顷奉　本院总办事处寄来聘任书并附空白职员〔三〕调查表（一）（二）两种到所相应检请

台詧并希

先生将附表即日填就寄下以便汇转为荷

此致

伯希和先生

国立中央研究院历史语言研究所启

二十三年六月十二日

（一）国立中央研究院历史语言研究所　一九二八年由傅斯年创立于广州，次年迁至北平。主要从事历史学、语言学、考古学和人类学研究。曾组织进行安阳殷墟考古发掘、西北地区考古挖掘、甲骨文研究、西南少数民族语言与习俗调查等。重要出版刊物有《中央研究院历史语言研究所集刊》。

（二）时间为信中标注。信封上标有『中华民国二十三年六月六日』字样。信中未见独立聘书。本信附图含信封、一九三二年版聘书。

（三）其间伯希和受聘为该所研究员。

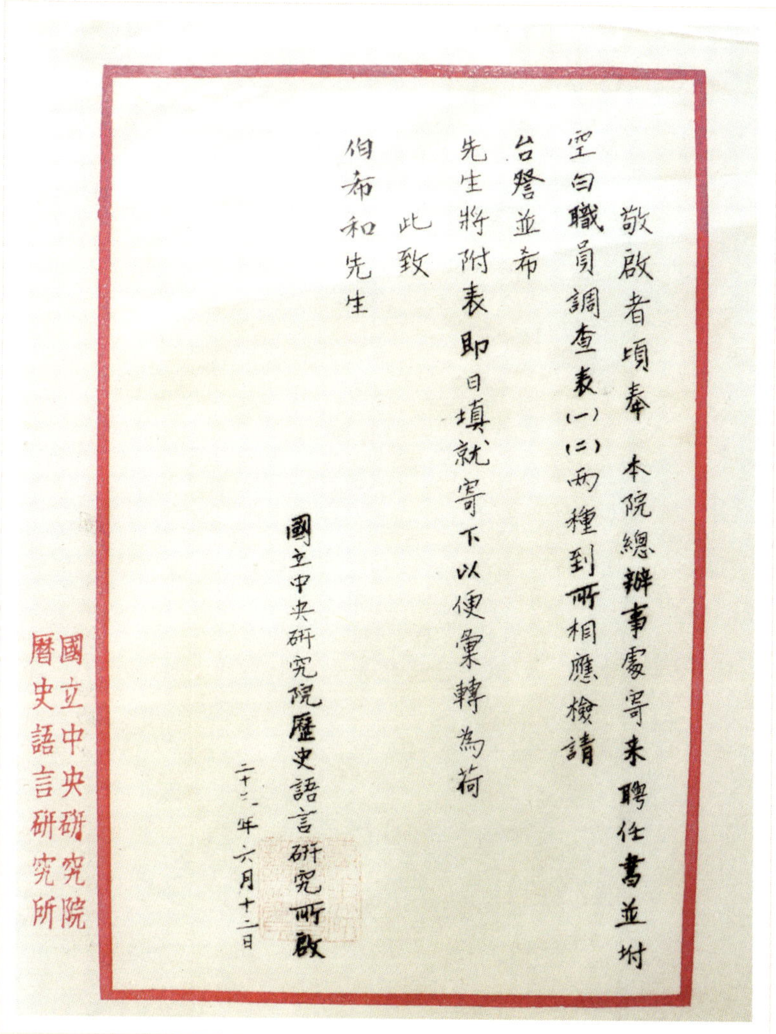
敬啟者頃奉　本院總辦事處寄来聘任書並附
空白職員調查表(一)(二)兩種到所相應檢請
台詧並希
先生將附表即日填就寄下以便彙轉為荷
此致
伯希和先生
國立中央研究院歷史語言研究所啟
二十二年六月十二日

國立中央研究院歷史語言研究所

信封

聘书

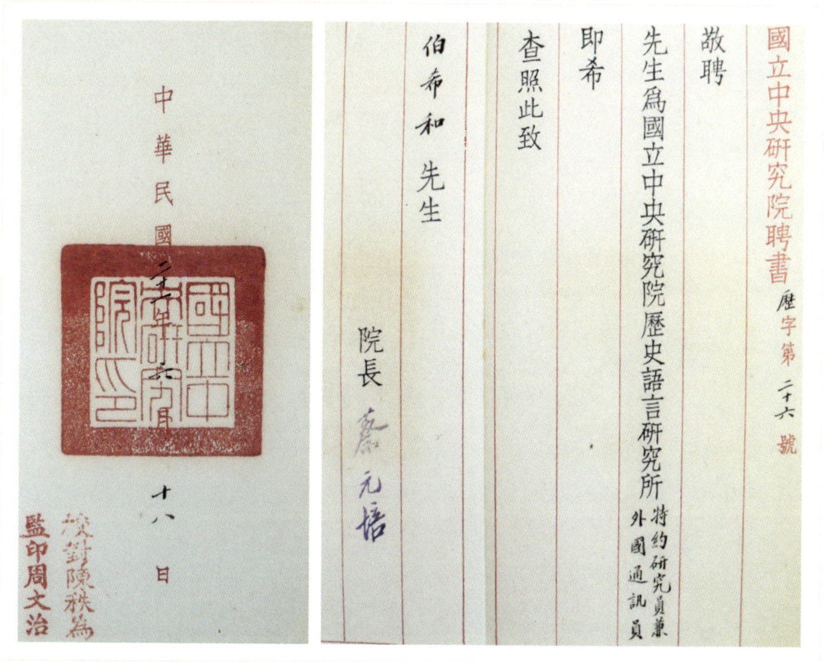

國立中央研究院聘書
歷字第二十六號

敬聘

先生為國立中央研究院歷史語言研究所特約研究員兼外國通訊員

即希

查照此致

伯希和先生

院長蔡元培

中華民國二十二年六月十八日

校對陳秩為

監印周文治

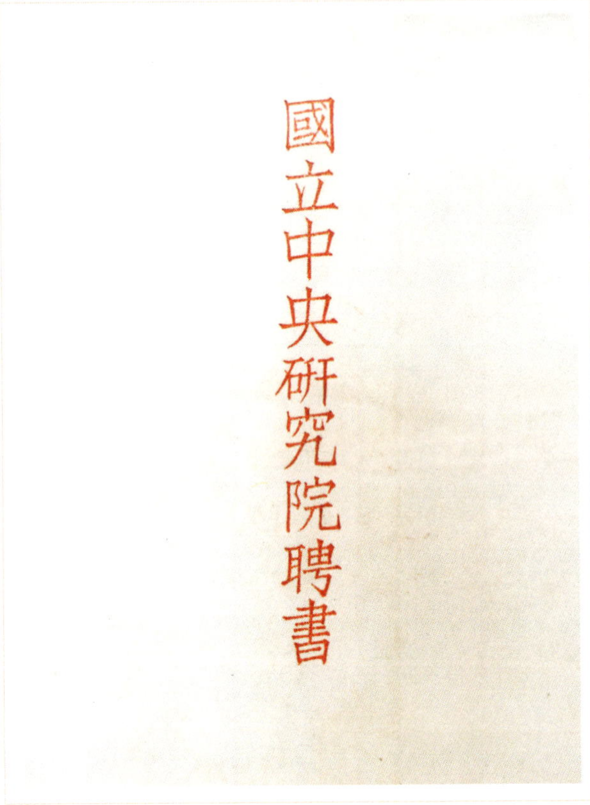
國立中央研究院聘書

聘书封面

洪业（一）致伯希和信

［一九三二年十二月十四日（二）］

（中文译稿）

一九三二年十二月十四日

我亲爱的伯希和教授：

今天，我在阅览《北平日报》时获悉您已经到达上海，为此立即寄上此信欢迎您。热切期待您来访北平。如果能获悉您北上车次，我将荣幸地去火车站迎候您。

在您逗留北平期间，您可以考虑择时访问燕京大学（三）。我夫人和我在您逗留期间将荣幸地请您到家里做客。她也通过此信向您表示欢迎。

您忠诚的

威廉·洪

（一）洪业（一八九三—一九八〇） 字鹿岑，号煨莲，英文名William Hung。福建侯官人。历史学家。曾任燕京大学历史教授。著有《引得说》《春秋经传引得》《中国最伟大的诗人——杜甫》等。一九三七年曾由伯希和提名，获得由法兰西学院颁发的汉学奖项儒莲奖。

（二）时间为信中标注。

（三）燕京大学 二十世纪初由四所英美基督教教会在北京联合创办的大学。

Dec. 14, 1932

My Dear Professor Pelliot:

I read in today's Journal de Pekin that you have arrived in Shanghai; and I hasten to send you this note of welcome. I shall be looking forward eagerly to your arriving in Peiping. If you will let me know of the train you will take for the North, I shall come to meet you at the station, which will be a pleasure to me.

During your stay in Peiping, you will sometime consider a visit to Yenching University. My wife and I shall consider it a pleasure to offer you the hospitality of our home when you come out to the country here. She joins me in this letter of welcome.

Very sincerely yours

William Hung

燕京大學
YENCHING UNIVERSITY
PEKING, CHINA.

DEPARTMENT OF HISTORY

Dec. 14, 1932

My dear Professor Pelliot:

I read in Today's Journal de Pékin that you have arrived in Shanghai; and I hasten to send you this note of welcome. I shall be looking forward eagerly to your arriving in Peiping. If you will let me know of the train you will take for the North, I shall come to meet you at the station, which will be a pleasure to me.

During your stay in Peiping, you will sometime consider a visit to Yenching University. My wife and I shall consider it a pleasure to offer you the hospitality of our home when you come out to the country here. She joins me in this letter of welcome.

Very sincerely yours

William Hung

李济[一]致伯希和信

［一九三三年九月七日[二]］

（中文译稿）

M. P. 伯希和

巴黎 Rue Varrenne 38号

一九三三年九月七日

我亲爱的伯希和先生：

根据历史语言研究所[三]最近会议所做的决定，您一九三三年到一九三四年的年度津贴1200 美元仍予以保留。实际款项将在本财政年度结束时寄给您。特此通知。

研究所部分从北平迁到上海，造成会议不正当性延迟。关于您明年津贴的通知，将按照傅先生[四]在写给您的信中所认同的那样，在五月到七月之间寄给您。对于这种非正常延迟，我向您致以真诚的歉意。我也希望您将此作为例外。

此致

最美好的祝愿！

您真诚的

李济

执行主任

（一）李济（一八九六—一九七九）　原名顺井，字受之，改字济之。湖北省钟祥县人。人类学家、考古学家。曾任清华大学国学研究院人类学讲师、国立中央研究院历史语言研究所考古组主任、历史语言研究所所长等职。领导并参加了山西夏县西阴村新石器时代遗址挖掘、安阳殷墟挖掘、章丘城子崖挖掘等。著有《西阴村史前的遗存》《安阳发掘报告》《殷墟器物甲编·陶器》《李济考古学论文集》等。

（二）时间为信中标注。信封题头标有『国立中央研究院　历史语言研究所　上海极司非而路一百八十号　电报挂号二六七零　ACADEMIA SINICA　THE NATIONAL RESEARCH INSTITUTE OF HISTORY AND PHILOLOGY　180 JESSFIELD ROAD, SHANGHAI　CABLE & TELEGRAPHIC ADDRESS: PHILOLOGIE』字样。

（三）历史语言研究所　参见国立中央研究院历史语言研究所致伯希和一九三四年六月十二日信批注（一）。

（四）傅先生　指傅斯年（参见傅斯年致伯希和一九二九年四月二十七日信批注（一））。傅斯年时任历史语言研究所所长。

Sept. 7th, 1933

M. P. Pelliot,

38 Rue Varrenne Paris

My Dear Mr. Pelliot,

I beg to inform to you that in a recent meeting of the National Research Institute of History and Philology, it has been passed that for the coming academic year 1933-34 your allowance of **$**1200 per annum will be continued. Actual remittance will be effected at the end of the fiscal year.

Owing to the partial removal of the Institute from Peiping to Shanghai, the meeting of the Institute has been unduly delayed. Next year information of the renewal of your allowance will be sent to you between May and July as agreed in Mr. Fu's letter to you. So I wish sincerely to apologize for this unusual delay and hope you will take it as an exception.

With best regards,

Yours sincerely

Li Chi

Director (acting)

國立中央研究院
歷史語言研究所
上海極司非而路一百八十號
電報掛號二六七零

ACADEMIA SINICA
THE NATIONAL RESEARCH INSTITUTE
OF HISTORY AND PHILOLOGY
180 JESSFIELD ROAD, SHANGHAI
CABLE & TELEGRAPHIC ADDRESS: PHILOLOGIE

Sept. 7th, 1933

M. P. Pelliot,
38 Rue Varrenne Paris

My dear Mr. Pelliot,

I beg to inform to you that in a recent meeting of the National Research Institute of History and Philology, it has been passed that for the coming academic year 1933-34 your allowance of $1200 per annum will be continued. Actual remittance will be effected at the end of the fiscal year.

Owing to the partial removal of the Institute from Peiping to Shanghai, the meeting of the Institute has been unduly delayed. Next year information of the renewal of your allowance will be sent to you between May and July as agreed in Mr. Fu's letter to you. So I wish sincerely to apologize for this unusual delay and hope you will take it as an exception.

With best regards,

Yours sincerely

Li Chi

Director (acting)

李济致伯希和信

〔一九三三年十月二十七日(一)〕

（中文译稿）

保罗·伯希和教授

法国巴黎 rue de Varrenne 38号

一九三三年十月二十七日

亲爱的伯希和教授：

按照傅斯年(二)所长的指示，我写此信，请求您协助将四封信件按此信所示地址寄予研究所。傅先生患了严重的肺炎，从八月到十月，在南京住院已经两月有余。现在北平做长期休养。

研究所所有的工作人员都非常怀念您去年冬天的访问，也期待能在近期再次欢迎您的到来。此致我个人的问候。

您最诚挚的

李济

（一）时间为信中标注。信纸题头标有『国立中央研究院 历史语言研究所 上海极司非而路一百八十号 电报挂号二六七零 ACADEMIA SINICA THE NATIONAL RESEARCH INSTITUTE OF HISTORY AND PHILOLOGY 180 JESSFIELD ROAD, SHANGHAI CABLE & TELEGRAPHIC ADDRESS: PHILOLOGIE』字样。

（二）傅斯年 参见傅斯年致伯希和一九二九年四月二十七日信批注（一）。傅斯年时任历史语言研究所所长。

October 27, 1933.

Professor Paul Pelliot,

38 rue de Varrenne,

Paris (VII), France.

Dear Professor Pelliot,

I have been instructed by Director Fu Ssû-nien to write to you and request your favor to forward for the institute the four letters herewith included to their respective addressee. Mr. Fu had a severe attack of pneumonia and had been laying in bed in the hospital in Nanking for over two months from August to October. He is now in Peiping for a long rest.

All members of the institute recall with great pleasure of your visit last winter and hope, in a not distant future, to welcome you again to this land. With my personal regards,

Yours most sincerely,

Li Chi

國立中央研究院
歷史語言研究所
上海極司非而路一百八十號
電報掛號二六七零

ACADEMIA SINICA
THE NATIONAL RESEARCH INSTITUTE
OF HISTORY AND PHILOLOGY
180 JESSFIELD ROAD, SHANGHAI
CABLE & TELEGRAPHIC ADDRESS: PHILOLOGIE

October 27, 1933.

Professor Paul Pelliot,
38 rue de Varrenne,
Paris (VII), France.

Dear Professor Pelliot,

I have been instructed by Director Fu Ssû-nien to write to you and request your favor to forward for the institute the four letters herewith included to their respective addressee. Mr. Fu had a severe attack of pneumonia and had been laying in bed in the hospital in Nanking for over two months from August to October. He is now in Peiping for a long rest.

All members of the institute recall with great pleasure of your visit last winter and hope, in a not distant future , to welcome you again to this land. With my personal regards,

Yours most sincerely,

Li Chi

梁思成（一）致伯希和信

【一九三二年十二月二十九日（二）】

（中文译稿）

亲爱的伯希和教授：

非常感谢您令人感激的信件。我将非常高兴于星期六上午十点前往拜访您。

此致

最尊敬的问候。

一九三二年十二月二十九日

梁思成

（一）梁思成（一九〇一—一九七二）　生于日本东京，籍贯广东新会。建筑学家。创立营造学社。一九三二年伯希和来华调研并购书停留北京期间，史语所在欧美同学会设公宴欢迎，梁思成也曾赴宴。梁思成时任史语所考古组通讯研究员。

（二）时间为信中标注。

Dec 29, 1932.

Dear Professor Pelliot,

Thank you very much for your kind note. I shall be most delighted to come to see you on Saturday at 10 a.m.

Most respectfully

Liang Ssu-ch'eng

Dec 29, 1932.

Dear Professor Pelliot,

Thank you very much for your kind note. I shall be most delighted to come to see you on Saturday at 10 a.m.

Most respectfully,

Liang Ssu-ch'eng.

中國營造學社

罗振常（一）致伯希和信

［一九二七年一月十二日（二）］

伯希和先生座右久钦

硕望幸识

荆州惟

台从行色匆匆未获杯酒言欢畅聆大教为歉然耳近想已

安抵北京北方严寒诸维

珍摄至盼前

赐购各书及交来之一包今合装一竹箱遵示托商务印书馆（三）运至北京到时乞

督收尚少读碑小笺（四）及说文审音（五）二种随后邮寄不误以后

赐函用英文法文均可惟书名则请写华文因想译音有讹也尚希时

赐尺书至幸至幸　敬请

道安

罗振常顿首　一月十二日

（一）罗振常（一八七五—一九四二） 字子经、子敬，号心井、邈园。浙江上虞人。学者、藏书家。罗振玉季弟。曾受罗振玉托于一九一〇年首次对河南殷墟进行考古并系统收集甲骨文残片。著有《洹洛访古游记》等。

（二）年代为吉美博物馆标注，月份日期为信中标注。信封上附『北京东交民巷 大法国公使馆 伯希和先生台启 上海罗寄 一月十二日』字样。名片上标有『罗振常 子经浙江上虞』字样。本信附图含信封、名片。

（三）商务印书馆（见商务印书馆致伯希和一九一六年七月二十四日信批注（一））。

（四）《读碑小笺》 罗振玉撰。上虞罗氏唐风楼出版。

（五）《说文审音》 张行孚撰。一八九八年铜庐袁昶出版。

伯希和先生左右：久欽
碩望，幸識
荊州。惟
台從行色匆匆，未獲杯酒言歡，暢聆
大教，爲歉然耳。近想已
安抵北京。北方嚴寒，諸維
珍攝，至盼。前

上海漢口路河南路西三九八號[illegible]

賜購各書及交來之函，今啟裝一竹箱遞

呈，托商務印書館運至北京，到時乞

詧收。尚少讀碑小箋及（說文審音）嚴州續志二種，隨後

寄，不誤。以後

賜函用英文、法文均可，唯書名則請寫

華文，因恐譯音有譌也。尚希時

賜天書，至幸至幸。敬請

道安

羅振常上

一月十六日

上海漢口路河南路西三九八號蟫隱廬

北京東交民巷
大法國公使館
布和先生台啟
上海羅壽
一月

名片

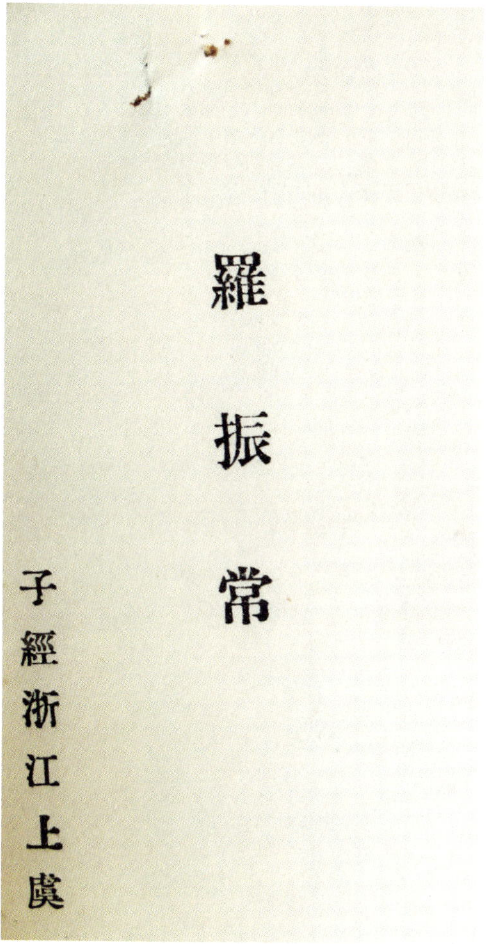
羅振常

子經浙江上虞

罗振玉董康（一）致伯希和信

［一九〇九年十二月二十二日（二）］

（中文译稿）

一九〇九年十二月二十二日，北京

尊敬的先生：

我们非常高兴在您居留北京期间有缘与您相识，并得到您的惠允，欣赏您收藏的贵国古董书籍等藏品。正如您所承诺的，您返回巴黎时，将为我们展示您的藏品影照件，费用由我们支付。如能及早收悉，我们将不胜感激。毋须赘言，您的热情多么感动我们。

请允许我们给您寄奉十份书单、两份我们将在北京请人制作的影照件及一份元典章。您在收到此函后，很快将收到这些。此函将通过西伯利亚寄出。影照的这些书籍是经过我们仔细甄选的。一旦制作完成，我们将很快寄出。

真诚祝愿您一九一〇年新年快乐幸福，并顺致诚挚的敬意。

董康
罗振玉

（一）罗振玉董康　参见罗振玉致伯希和一九一三年四月二十一日信批注（一），董康致伯希和一九一二年信批注（一）。

（二）时间为信中标注。此信为一九〇九年伯希和与中国学者相识后，罗振玉、董康写给伯希和的首封信件，也是中国学者写给伯希和的首封信件。此信题头标有『外务部　WAI WU PU PEKING』字样。法文原稿拼写有误，此处未予勘正。

Péking le 22/ 12/ 09

Cher monsieur,

Nous sommes très heureux d'avoir l'occasion de faire votre connaissance pendant que vous étiez à Péking et d'avoir obtenu votre très aimable permission d'admirer votre magnifique collection des livres antiques de notre cher pays.

Comme vous nous avez promis de nous procurer les photographes de votre collection à nos frais lorsque vous serez à Paris, nous vous serons très obligés d'en avoir en notre possession le plus tôt possible. Inutile de vous dire combien nous sommes touchés de la sympathie de votre part.

Permettez-nous d'aller vous envoyer sous peu de temps dix exemplaires de tableaux des livres ; deux pièces de photographie que nous avons essayé de faire faire à Péking et un exemplaire de 元典章 vous les Trouverez quelques jours après l'arrivée de cette lettre qui sera partie via Sibérie Les autres livres que nous avons fait faire photographier cette fois sont déjà examinés attentivement par nous et nous serons fort heureux d'aller vous les envoyer quand ils seront prêtes.

Avec tous nos remerciements les plus sincères, nous vous souhaitons une heureuse et bonne année de 1910 en vous priant de croire, cher monsieur, de l'assurance de notre sentiments le plus distinguées.

Tenkong 董康

Loo Tsen Yu 罗振玉

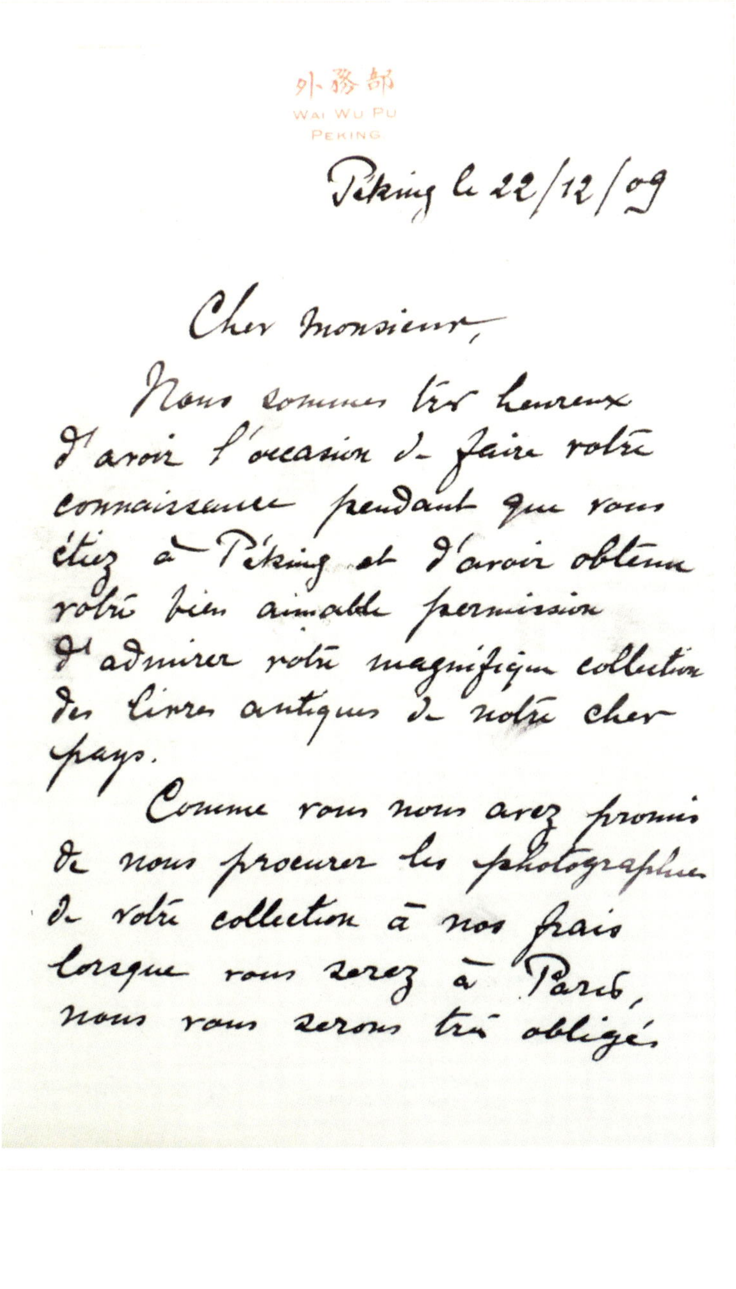

外務部
WAI WU PU
PEKING

Péking le 22/12/09

Cher Monsieur,

Nous sommes très heureux d'avoir l'occasion de faire votre connaissance pendant que vous étiez à Péking et d'avoir obtenu votre bien aimable permission d'admirer votre magnifique collection des livres antiques de notre cher pays.

Comme vous nous avez promis de nous procurer les photographies de votre collection à nos frais lorsque vous serez à Paris, nous vous serons très obligés d'en avoir en notre possession le plus tôt possible. Inutile de vous dire combien nous sommes touchés de la sympathie de votre part.

Permettez-nous d'aller vous envoyer sous peu de temps dix exemplaires de tableaux des livres, deux pièces de photographies que nous avons esseyées de faire faire à Peking et un exemplaire de 元典章 vous les trouverez quelques jours après l'arrivée de cette lettre qui sera partie via Sibérie.

Les autres livres que nous avons faits faire photographier cette fois sont déjà examinés très attentivement par nous

et nous serons fort heureux
d'aller vous les envoyer quand
ils seront prêts.

Avec tous nos remerciements
les plus sincères, nous vous
souhaitons une heureuse et bonne
année de 1910 en vous priant
de croire, cher monsieur, à
l'assurance de nos sentiments
les plus distingués

Tenkong 董康
Loo Tsen Yu 羅振玉

罗振玉（一）致伯希和信

〔一九一三年四月二十一日（二）〕

伯希和先生阁下承
寄敦煌影片（三）半月前已寄到以俗冗尚未奉告顷得
来书并寄来提单感荷感荷比维
著述日富至为祝颂小儿（四）译蒙承
先生不吝为之改正感谢无似日本滨田氏（五）尚未将敝函及拙著转交甚以为憾当探问滨田君在英住址再函促之弟
前有一信托沙畹博士（六）转交内有请补照敦煌各书目录不知已达
览否能否
俯如所请尚祈
示复子幸之前次影片弟当于一二年内陆续以玻璃板印行以期不负
先生殷殷代照之厚谊知
注并陈敬问

起居

沙畹博士前请代致意不另

弟罗振玉再拜　四月二十一日

（一）罗振玉（一八六六—一九四〇）　字式如、叔蕴、叔言，号雪堂，晚号贞松老人、松翁。江苏淮安府人，原籍浙江上虞。农学家、教育家、考古学家、金石学家、古文字学家，中国近代农学、考古学奠基人。代表作品有《殷虚书契考释》《流沙坠简》（与王国维合作）等，一生著述达一百八十九种，校勘书籍达六百四十二种。一九一三年作者旅居日本京都，主要从事敦煌学和甲骨文字研究。

（二）年代为吉美博物馆标注，月份日期为信中标注。

（三）敦煌影片　指伯希和所寄敦煌石室遗书等影照件。

（四）小儿　指罗振玉次子罗福苌。

（五）滨田氏　指滨田耕作（一八八一—一九三八），别称滨田青陵。日本考古学家、汉学家。日本考古学奠基人。曾任京都帝国大学校长。

（六）沙畹博士　指埃玛纽埃尔-爱德华·沙畹（一八六五—一九一八），法国汉学家，又被誉为『欧洲汉学泰斗』。曾受英国汉学家和考古学家斯坦因之托，考释斯坦因从敦煌及罗布泊等地收集的汉晋简牍等。一九一三年成书《奥莱尔·斯坦因在中亚沙漠中所获汉文文书考释》，并由牛津大学出版社出版。罗振玉、王国维以此为资料成书《流沙坠简》。沙畹也曾翻译《史记》，并与伯希和合著《摩尼教流行中国考》。

伯希和先生閣下：
寄敦煌影片半月前已寄到，此係兒當未奉
告。頃得
東京寄來提單，感荷感荷。大雅
著述日富，至為欣頌。大兄譯筆尤至
先生不棄為之校訂，感謝無似。日本濱田氏為求將
敝所藏拓影轉寄，甚以為感。嘗探問濱田君在英任
址，再問從上。弟前有一信託沙畹博士轉交，因有請
補撰敦煌書目錄，不知已達
覽否？此覆。
俯如所請為祈。
來復子書，前次影片單前收一二年內陸續以

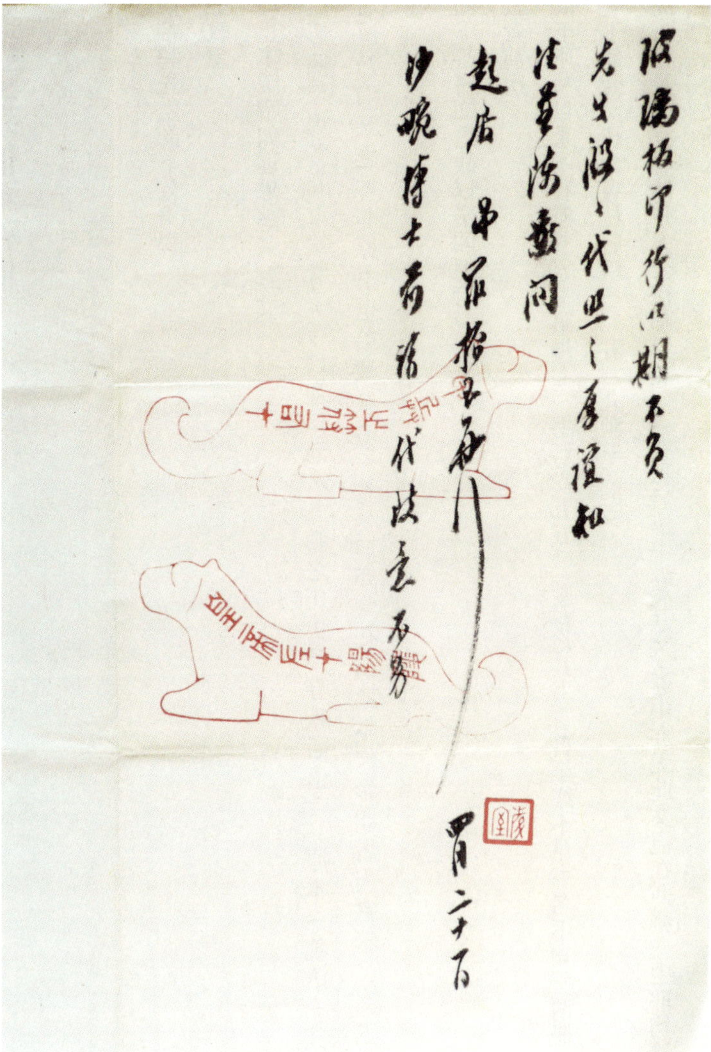

阳陵拓印行只期不负
先生雅ミ代照ミ原复如
注华侯敬问
起居 弟罗振玉再拜
沙畹博士前请代致意为劳
罗 二十日

罗振玉致伯希和信

［一九一四年五月十九日（一）］

伯希和先生阁下久不得

手教想

动止多绥字如远想承

代影照敦煌各卷近始着手考订知二五八九渤之历史乃春秋后语（二）原本（魏语）其二五六九之春秋后语乃旧录之本非原书也弟藏秦语一卷（三）亦为孔衍原本俟影印后当寄奉又二五〇三渤乃玉台新咏（四）也知

阁下甚愿知之故以奉闻但有应请

教者前次

阁下所写目录中有卌五家书第卅七一书后二五五〇渤遍拾其书自首至终不见书名不知所谓卌五家书第卅七之名题于何处又孔衍春秋后语（二五六九渤）

阁下目录中言有沙州大云律师道英（五）春秋后语十卷等题今卷中亦无此文岂在西藏文中耶均请

赐复为荷又前求

代照以前未照各书（托沙畹博士（六）转致）未蒙

赐复兹再寄目录一纸千祈

勿却照费若干请

示汇至荷东友所携书经已送到否请就近

函托狩野博士（七）转询滨田君（八）为荷弟不知滨田氏在英寓所专此敬申即请

著祉

弟罗振玉再拜　五月十九日

再小儿在弟旧稿中得弟校勘德国某博士所撰且渠安周碑考中释文（九）一纸写奉

寓教并祈

拾入贞卜文字考（十）仰荷

华胡（十一）小儿感谢无似不知何日可就先睹为快　又启

康神图

新集吉凶书仪二卷

孟说秦语中第二

天地开阖以来帝王记

唐历日三卷

百行章

故陈子昂集

唐韵

切韵

绢本写经三卷[十二]（即在北京所看者）

以上各种仍求

代照须照费几何请示知以便汇寄

（一）年代为吉美博物馆标注，月份日期为信中标注。

（二）《春秋后语》指孔衍所著《春秋后国语》。孔衍（二六八—三二〇），晋代鲁国人。孔子二十二代孙。

（三）《秦语》指《春秋后语·秦语》。孔衍著。敦煌写本残卷之一。

（四）《玉台新咏》公元六世纪编撰而成的诗歌总集。该集上继《诗经》《楚辞》，下至南朝梁代诗歌，共收录诗歌七六九篇。传为南朝徐陵所编。

（五）沙州大云律师道英　指释道英，姓陈氏，蒲州猗氏人。幼从叔休律师出家，至并州依炬法师学道，后入禅定稍呈异迹。其生平事迹在《神僧传》等中有记载。

（六）沙畹博士　参见罗振玉致伯希和一九一三年四月二十一日信批注（六）。

（七）狩野博士　指狩野直喜（参见董康致伯希和一九一二年信批注（五））。

（八）滨田君　指滨田耕作（参见罗振玉致伯希和一九一三年四月二十一日信批注（五））。

（九）且渠安周碑　且渠安周，即沮渠安周（？—四六〇），北凉武宣王沮渠蒙逊之子。高昌北凉政权君主，四四四—四六〇年在位。沮渠安周碑，指沮渠安周造寺碑，北凉承平四年（四四五年）刻，清光绪壬午年（一八八二年）出土于新疆吐鲁番高昌故城，一九〇二年，德国人格伦威德尔率领的探险队购得此碑并运往柏林，藏于德国民俗学博物馆，『二战』后不知去向。

（十）贞卜文字考　指罗振玉著于一九一〇年的《殷商贞卜文字考》。

（十一）华胡　指伯希和一九〇三年发表于法国《通报》第三期的作品《摩尼和〈化胡经〉》。

（十二）康神图、新集吉凶书仪二卷、孟说秦语中第二、天地开阖以来帝王记、唐历日三卷、百行章、故陈子昂集、唐韵、切韵、绢本写经三卷，所列均为伯希和所收集与敦煌石室写本相关的书目或残卷。

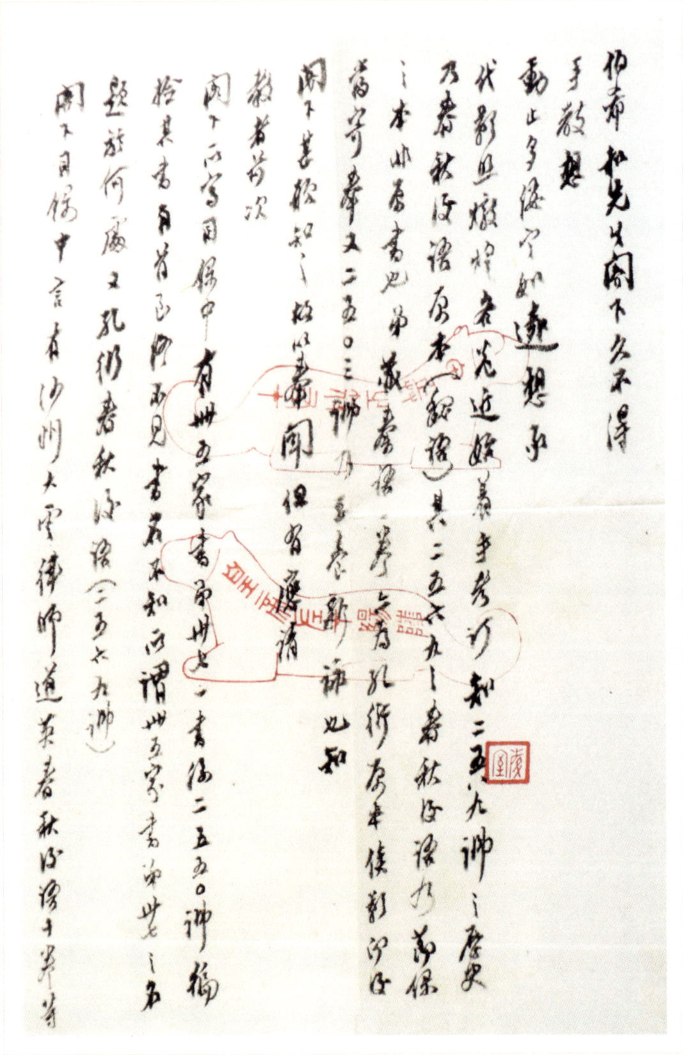
仰希知先生閣下：久不得
手教，想
動止多綏，可如邇想。承
代影照燉煌卷先述帙，慕李孝行知二五〇九號之歷史
乃春秋後語原本（敦煌），其二五六九之春秋後語於前保
之本，此書也。弟藏春秋後語一卷，亦為孔衍原本，使影印以
當寄奉。又二五〇三號乃春秋節號也。知
閣下甚珍視之，故以奉聞。但前應請
教者尚次
閣下所寫目錄中有卅五家書目卅卷之書係二五〇〇號編
撿其書目首已佚，不見書名，不知所謂卅五家書目卅卷之名
題於何處？又孔衍春秋後語（二五六九號）
閣下目錄中言有沙州大雲寺律師道某春秋後語十卷等

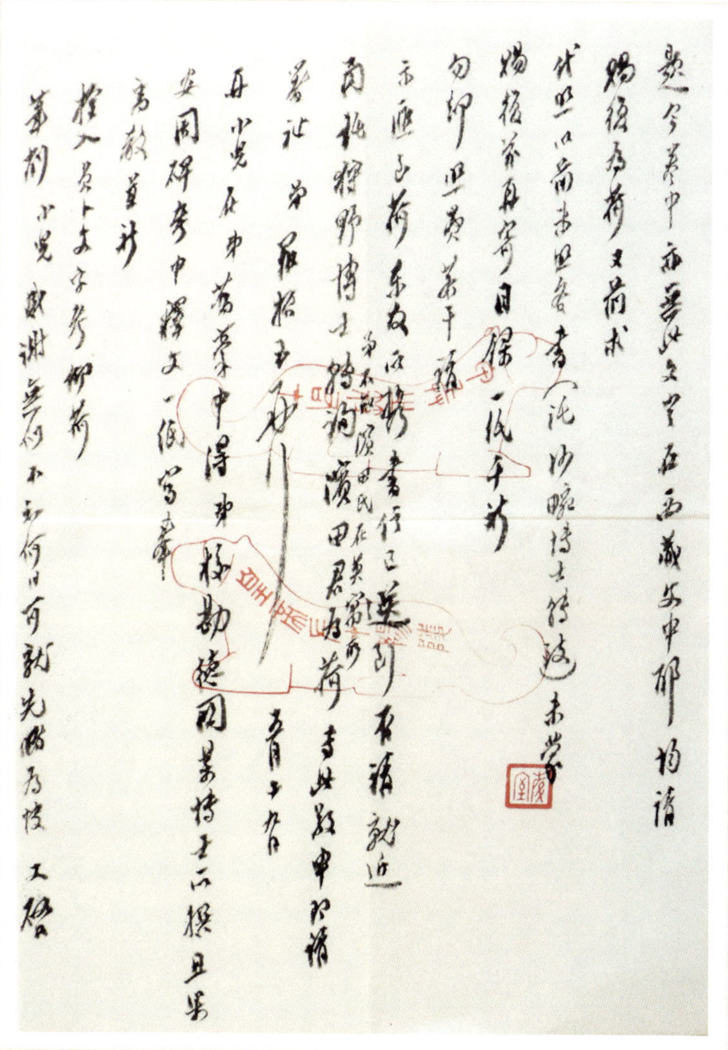
题。今年中有无此文？望在西藏文中[illegible]为请
赐阅为荷。又前求
代照以前未照各书，托沙畹博士转致，未蒙
赐复。前寄目录一纸，乎祈
勿印照其录若干种
示还为荷。东友所携书目已送到，有暇就近
弟本欲顾田氏在英寓所
面托[illegible]博士转询顾田君为荷。查此数中所请
著述，弟拟于[illegible]　五月十九日
再小儿在东[illegible]中得其校勘德国某博士所撰且
安国碑考中释文一纸写奉
高教并祈
推入其下文字[illegible]为荷
草制小儿敬谢无何，不知何日有就先[illegible]为快。　文启

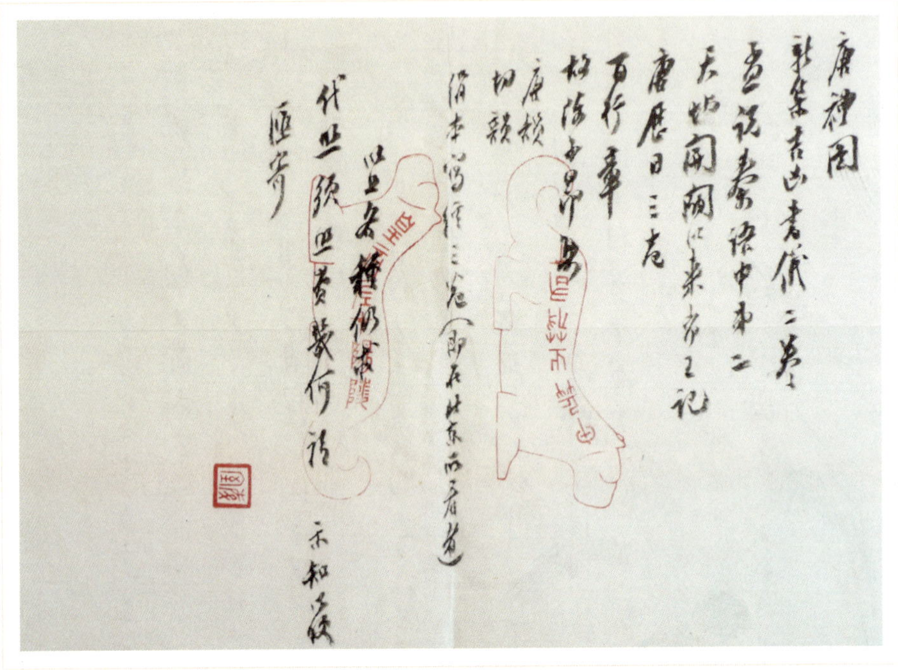

康祺同
新集吉凶書儀二卷
查說秦源中第二
天地開闢以來帝王記
唐曆日三卷
百行章
均係向日所出
康祺
切韻
係本寫經三卷（即在北京所看者）
以上各種仍求
代照領照費若何請
示知為荷
匯寄

罗振玉致伯希和信

［一九一四年六月四日（一）］

伯希和先生阁下久不得

赐书远念殊切前请

代照各卷不知

许代照否需费若干甚盼

复音也兹同敝国友人之便携奉弟所印寰翰楼丛书（二）一部敦煌石室佚书（三）十一种祈

代送民国图书馆为荷尚有四册尚未装好随后寄奉不误书到祈

赐复勿却为幸　沙畹博士（四）许亦久无书来见时请代致拳拳

近著又成几评乞

惠读国语（五）秦语（六）一卷前次未照者仍求

代照至幸之　此颂

著安不赐

弟罗振玉再拜　六月四日

（一）年代为吉美博物馆标注，月份和日期为信中标注。
（二）《寰翰楼丛书》 指一九一四年罗振玉重编刊本。
（三）《敦煌石室佚书》 指《敦煌石室遗书》，罗振玉主编，董康刊行。主要根据伯希和收藏敦煌石室写本等影印件整理刊印而成。
（四）沙畹博士 参见罗振玉致伯希和一九一三年四月二十一日信批注（六）。
（五）《国语》 关于西周、春秋时期周、鲁、齐、晋、郑、楚、吴、越八国人物、事迹、言论的国别史杂记，也叫《春秋外传》，作者据传左丘明，或司马迁，仍待考证。这里指伯希和收集之敦煌石室写本。
（六）《秦语》 指《春秋后语·秦语》。这里指伯希和所收集之敦煌石室写本。

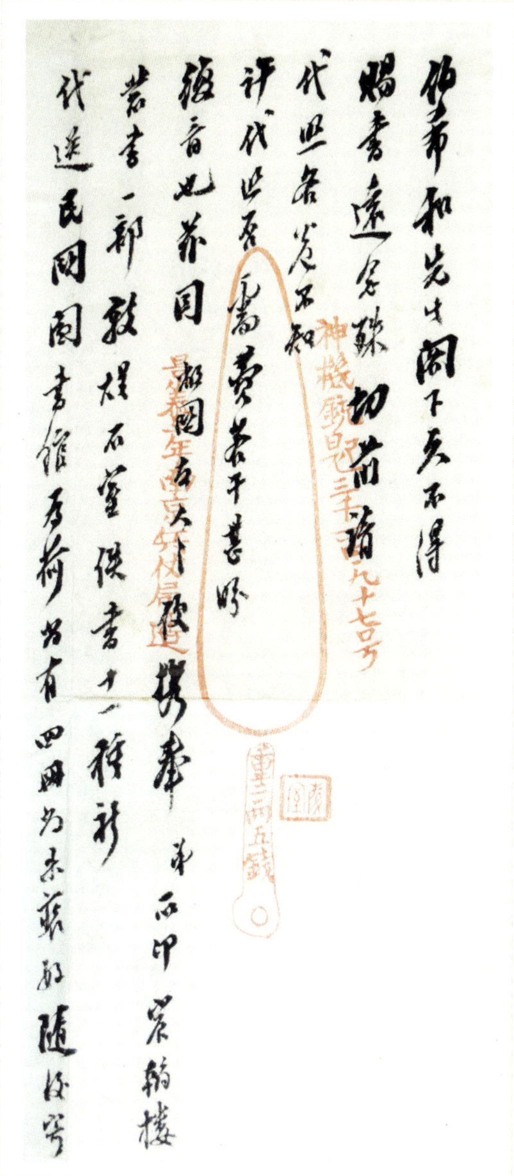

仲希和先生閣下：久不得
賜書，遠念殊切。前請
代照各箋，不知
許代照否？乞
賜費若干甚好。
綏音此番回鄉，閣古大小發還擲奉。弟石甲 眾翰樓
若書一部，敦煩不堂張書十一種，新
代送民國圖書館，多荷。如有四冊為未藏者，隨便寄

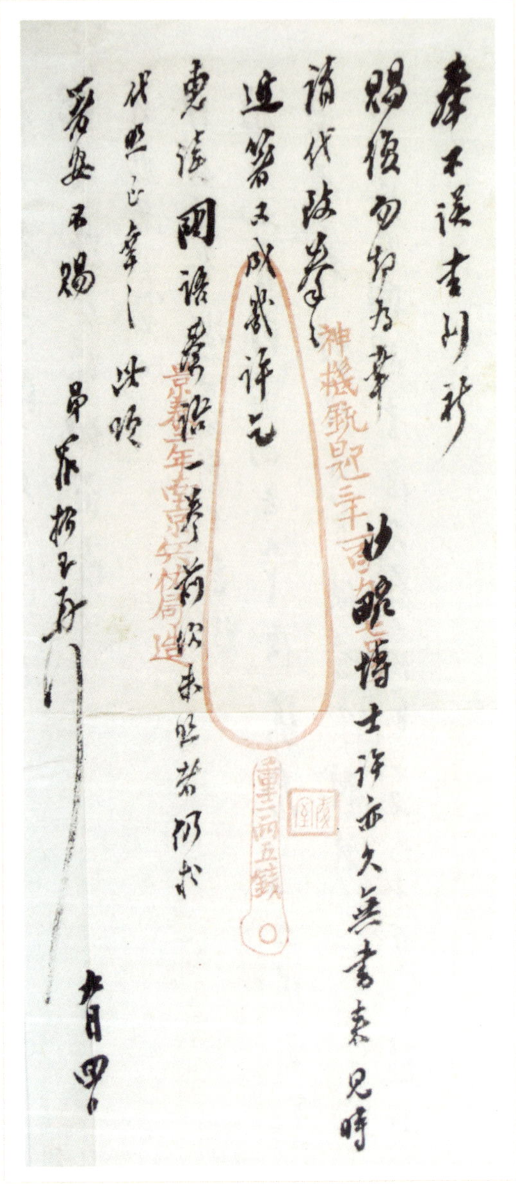

罗振玉致伯希和信

〔一九一七年六月十一日〕(一)

伯希和先生阁下前闻
先生从事疆场(二)苦不得消息然方寸固无日不神驰于左右也顷得
手书快悉
贤劳国事近又供职北京(三)为之欢慰恨弟远在海外不得即与
阁下握手言欢又为怅惘追念往昔亲奉
语言此乐何极再见之期未知何日然必偿此愿与
阁下正同此意也前承
赐敦煌古卷影本使古籍复得流传天壤皆
先生之功此海内外学者所共钦慰不仅弟一人之私感又蒙允赐影片二百纸益拜
高谊翘盼贵国指日大捷一扫兵纷则弟亦拜
贵国战捷之馈赐矣弟近日所印书籍约数十种急欲奉赠
请

教但不知
后者现在已到北京否俟得
回信即次弟邮寄不误承
赐大著邮使尚未寄到到时再奉
闻敝东友之件到时亦分送以慰
委任弟自辛亥以后息影海东〔四〕惟以著书遣日睠怀祖国日夕不忘想
阁下此次再游北京亦不能无沧桑之感也专此奉复言不尽意即请
著安诸维
珍重　　弟罗振玉再拜　六月十一日　儿子辈侍叩
再前在北京与
阁下相见诸人惟王君国维〔五〕同弟到日本今在上海徐君坊〔六〕今为师傅苦蒋君黼〔七〕王君仁俊〔八〕则已谢世此外
诸人则与弟志趣不同亦遂不通消息矣承　问并陈　又及

（一）年代为吉美博物馆标注，月份和日期为信中标注。编者认为此信写于一九一六年，因与伯希和调任北京时间及王国维在徐坊处任师傅时间相符。罗振玉不可能于一年后写信祝贺。

（二）先生从事疆场　指伯希和参加第一次世界大战。

（三）供职北京　指伯希和一九一六年奉派北京法国使馆任陆军武官次官。伯希和赴任前曾致函罗振玉，通报消息，并为写影古卷轴十余种。

（四）息影海东　指辛亥革命爆发后罗振玉避居日本京都。

（五）王君国维　指王国维（参见王国维致伯希和一九二〇年八月十三日信批注（一））。

（六）徐君坊　指徐坊（一八六四—一九一六），字士言，号梧生。清代官员、藏书家。曾任清国子丞、京师图书馆副监督、宣统皇帝之师。与罗振玉交往甚密。

（七）蒋君黼　指蒋斧（一八六六—一九一一），名黼，字伯斧。江苏吴县人。教育家、敦煌学家。曾与罗振玉共创农学社、《农学报》及东文学社等。一九〇九年与罗振玉、王仁俊等一同拜见伯希和，并与王仁俊等根据伯希和收藏敦煌写本影照件等刊印《敦煌石室真迹录》。

（八）王君仁俊　指王仁俊（一八六六—一九一三），字捍郑，号籀许。江苏吴县人。金石学家，精于敦煌学研究（参见本页批注（七））。

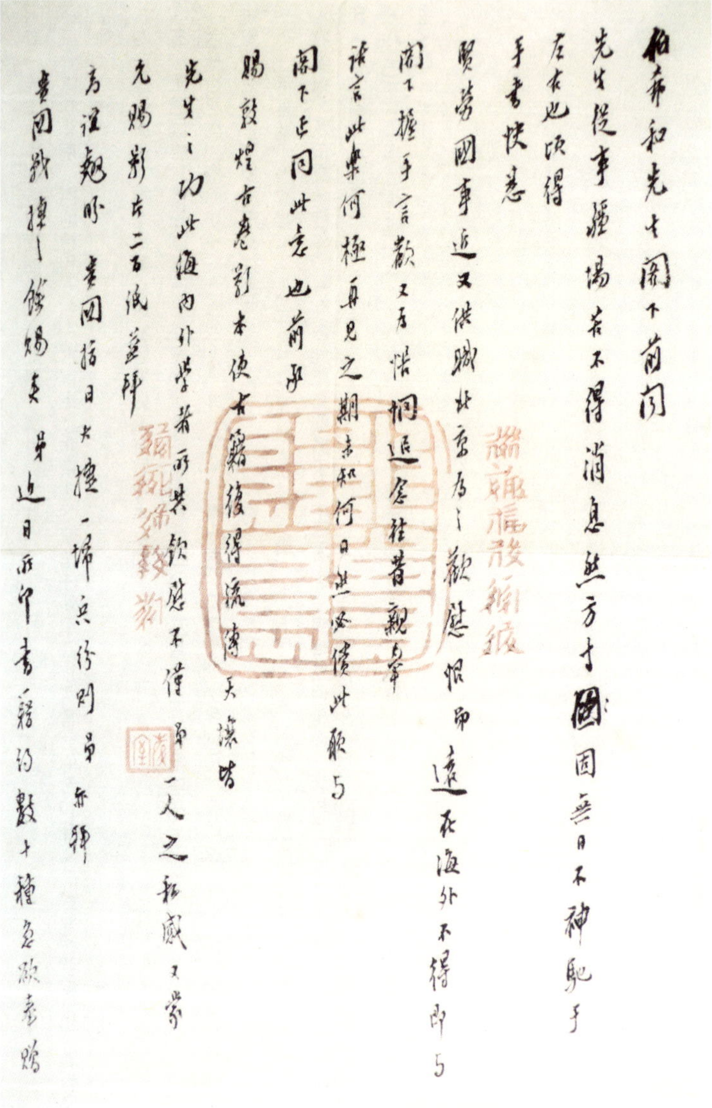

伯希和先生閣下：前聞

先生從事疆場，若不得消息，然方寸間固無日不神馳于

左右也。頃得

手書，快慰

貴國國事進，又供職北京，為之歡慰；惟弟遠在海外，不得即

閣下握手言歡，又為悵惘。追念往昔親承

緒言，此樂何極！再見之期，未知何日，然後償此願耳。

閣下亦同此意也。前承

賜敦煌古卷影本，使古籍復得流傳，天壤皆

先生之功，此海內外學者所共欽慰，不僅弟一人之私感。又嘗

先賜影片二百紙，並辱

為證勉明。貴國指日大捷，一掃兵氛，則弟亦拜

貴國戰捷之餘賜矣。弟近日所印書籍約數十種，急欲奉贈

請
教但不知
足前現在已到北京否倘得
回信即次第寄奉不誤也
賜如簡郵便尚未寄到 到時再奉
閱政東友人伴到時亦分送以慰
遠注弟自辛亥以後息影海東惟以讀書遣日懷祖國日夕不忘
想
閣下此次再遊北京亦不能無滄桑之感也弟此舉後言不盡意即請
著安諸維
珍重 弟羅振玉再拜 六月十一日 兒子福萇侍叩
再前北京為
閣下相見諸人惟王君國維同中到日本今在上海張君坊今為師傅
若蔣君黼王君仁俊則已謝世此外諸人則與弟志趣不同亦遂不通
消息矣 又
問蓋添 又及

罗振玉致伯希和信

［一九一七年十月二十六日（一）］

伯希和先生阁下久不奉

手教远念殊切前日托敝国来远公司友人卢君（二）携奉石室佚书（三）等不知

收到否兹再寄古文尚书（四）沙州西州两图经（五）贞元十道录（六）隋文殿御览阴阳书（七）各一册仍

祈转赠国民图书馆为荷又序目一分附呈先生读序文即知弟于此事之严绝幸不辜先生之盛意也尚有欲求

影照之书稍迟以影照费及书目寄奉仍求始终勿却弟所考证亦求

示教专此敬启即颂

著祉

弟罗振玉再拜　十月二十六日

此贞阳日千祈

赐示数行拜恳拜恳　又及

（一）年代为吉美博物馆标注，月份日期为信中标注。

（二）来远公司　二十世纪上半期由卢芹斋控制的营销中国文物类公司，总部设在法国巴黎，上海设有分号。卢君指卢芹斋（一八八〇—一九五七），外文名C. T. Loo。浙江湖州人。先后旅居法国、美国等。古董商人。

（三）石室佚书　指罗振玉编辑的《鸣沙石室佚书》，一九一三年由上虞罗氏出版。亦可包含罗振玉编辑的《鸣沙石室佚书续编》，一九一七年由上虞罗氏出版。

（四）《古文尚书》　相对于《今文尚书》。指汉武帝末年在孔子旧宅壁中发现的以先秦蝌蚪文记载的《尚书》版本。这里专指伯希和收藏的敦煌石室中的《尚书》残卷。《今文尚书》指西汉建立后（《尚书》文本已经失传）朝廷派晁错根据伏生口述整理的《尚书》版本，以汉代使用的官方文字隶书记录。罗振玉曾根据影照件刊印伯希和收集的敦煌石室残卷《古文尚书》，并为之作《敦煌本古文尚书夏书商书周书残卷跋》。

（五）沙州西州两图经　指《沙州图经》《西州图经》。均为伯希和从敦煌石室中收集的唐代敦煌写本残卷。一九〇九年伯希和将两图经残卷影照本赠与端方，罗振玉曾从端方处获赠复印本，后编辑出版《沙州图经》《西州图经》，并为之作跋，后被收入一九二八年东方学会出版的《鸣沙石室佚书》中。

（六）《贞元十道录》　唐代地理学家贾耽撰写的地理总志。这里指敦煌石室残卷。一九一三年罗振玉将此编辑成书，并为之作《唐写本贞元十道录跋》。

（七）《阴阳书》　原指战国时邹衍、邹奭等所作阴阳历律之书。后多指择日、占卜、星相等书。这里指伯希和收集的敦煌石室残卷。罗振玉曾根据影照件刊印此卷，并为之作《敦煌本阴阳书残卷跋》。一九二八年曾由东方学会出版。

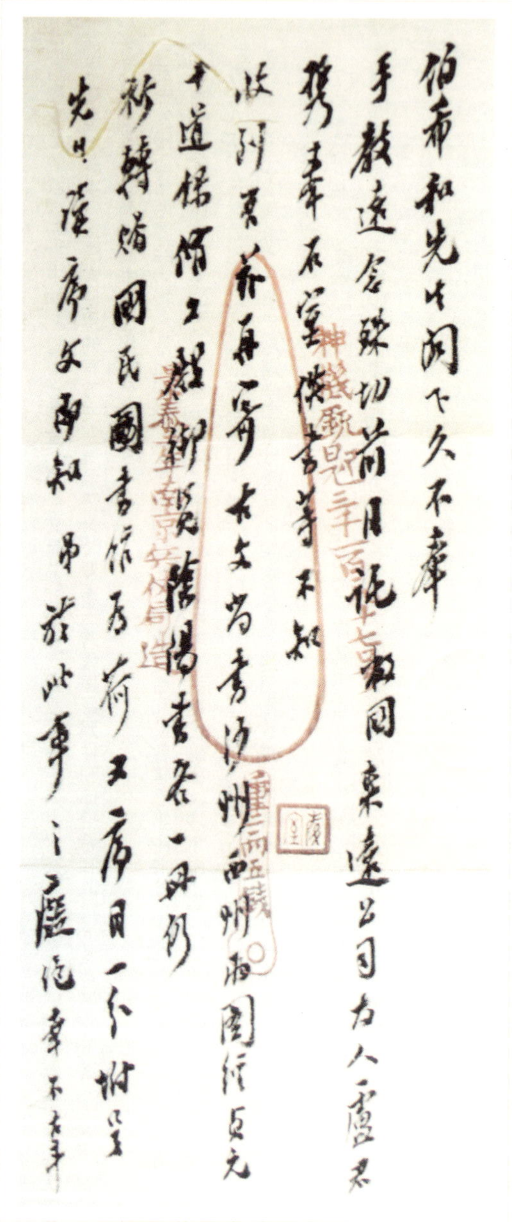

伯希和先生閣下：久不奉
手教，遙念殊切。前月託[illegible]同來遠公司為八一盧君
[illegible]奉，不審僕書等不知
收到否？[illegible]再一[illegible]古文尚書、沙州、西州兩圖經、貞元
十道錄、修文殿御覽、陰陽書各一冊，仍
祈轉贈國民圖書館為荷。又前月一[illegible]附呈
先生[illegible]序文，[illegible]知弟於此事之[illegible]

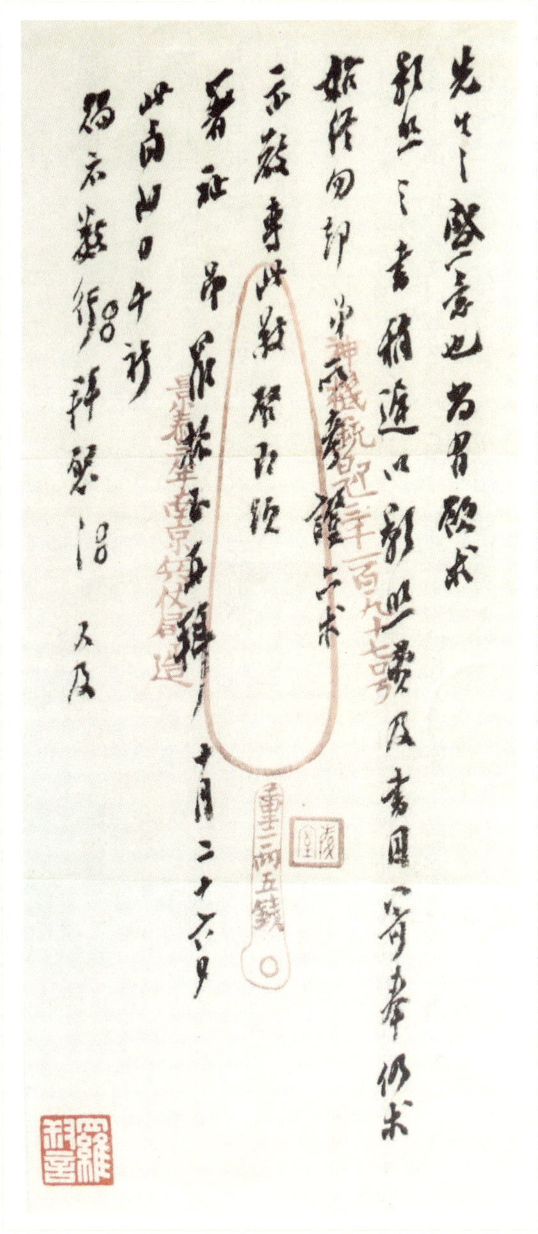
重二兩五錢

罗振玉致伯希和信

［一九二四年（一）］

伯希和博士仁兄阁下奉拜
手书数月尚未作答非敢慢也一恐
兄游美未归一因尚有调查之事未明白致迟迟为歉此想
大驾必已返巴黎　尊夫人消恙当已渐复至念之前承
询各事连答如左此请
著安　　　　弟罗振玉顿首

一辽圣宗陵（二）之石刻弟初无所闻近始调查明白然拓本尚不可得此陵在四山之间陵中四面积木甚多即古人所谓
黄肠木也中悬一扁文曰敬安殿碑石至今仍在陵中弟已托人设法往拓又奉天之义州近出张正嵩（三）（乾亨三年）
张思忠（四）（重熙八年）二墓志俟得拓本即以赠
公又闻辽阳出金张浩（五）墓志则尚未得见
一东方学会（六）事荷兄赞成同人皆甚欢迎并承
示俟庚子赔款退还时筹学会经费尤为感谢现由弟捐二万元先设印刷局印行书籍至弟之所藏书籍碑版古器书画及

所得内阁大库史料（七）并拟捐入会中俟有经费即建筑图书馆博物馆即以弟所藏为基础想为
兄所乐闻也
一学会新印新疆图考（八）及史料初编（九）又弟近撰魏书宗室传（十）各寄奉一部到祈　拾收　又敦煌零拾（十一）再
一洛阳新出魏石经（十二）及诗石经（十三）残字寄奉十一纸又印本一部同请
查收宋洪氏（十四）及近年出土尚书春秋皆古文篆刻蝉联书之作□□形而近日所出尚书皋陶谟则作□□形此以前
卞石经者所未知也
一董康氏（十五）携归之敦煌古籍照片未尝以一纸示弟无从知为何物
一承寄示之周公彝文字（十六）极精至可宝贵不知此器近滞何处乞
示知石刻造象亦精确非伪造干支误书古刻往往有之不足异也
一李盛铎氏（十七）所藏摩尼教经（十八）弟曾见之完好无缺惟其人鄙吝不肯借录像照可恨可恨

（一）年代为吉美博物馆标注，信中未标注日期。
（二）辽圣宗陵　指辽圣宗永庆陵。辽国第六位皇帝圣宗耶律隆绪（九七一——一〇三一）陵墓。
（三）张正嵩墓志　指辽代赵衡于九八一年撰写的墓志。出土于辽宁省义县。

（四）张思忠墓志　指一〇三九年辽代柴德基撰、张可英正书之墓志。出土于辽宁省义县双山。

（五）张浩（一一〇二—一一六三）　字浩然，辽阳渤海人，金代大臣，曾任两朝宰相。

（六）东方学会　指一九二三年由罗振玉、王国维等二十人发起成立的以研究『东方三千年来之文化』为宗旨的学会。

（七）内阁大库史料　指清内阁库藏档案书籍等。这里指由罗振玉收藏保管部分。

（八）《新疆图考》　清代一六四四—一九一一年出版发行的十四卷史地善本。又经东方学会重新刊印。

（九）《史料初编》　指《史料丛刊初编》。罗振玉于一九一二年编印的书籍，由东方学会出版。

（十）《魏书宗室传》　指《魏书宗室传注》。罗振玉编注书籍，四册本。一九二四年由东方学会出版。

（十一）《敦煌拾零》　一九二四年由罗振玉排印的敦煌石室文学作品汇集。

（十二）《魏石经》　三国魏齐王正始年间石刻的儒家经典。这里指出土的魏石经残石。罗振玉曾作《魏石经残石跋》。王国维也曾撰写《魏石经考》（参见王国维致伯希和一九二五年七月二十四日信批注（三）（四））。

（十三）《诗石经》　东汉灵帝公元一七五年在都城洛阳太学所立石经。据记载其中有《鲁诗》六卷。毁于汉末董卓兵燹。宋代起渐有残字出土。罗振玉曾临摹整理残字。

（十四）宋洪氏　指洪迈（一一二三—一二〇二），字景庐，号容斋。南宋文学家。代表作品《容斋随笔》。

（十五）董康氏　指董康（参见董康致伯希和一九一二年信批注（一））。

（十六）彝文字　古代文字。在中国特指秦以前流传下来的篆文体系的文字，如甲骨文、金文、蝌蚪文。

（十七）李盛铎氏　指李盛铎（一八五九—一九三四），江苏德化人。藏书家。

（十八）《摩尼教经》　敦煌石室遗书之一，也是中国后来收藏的唯一一卷汉文摩尼教经典。

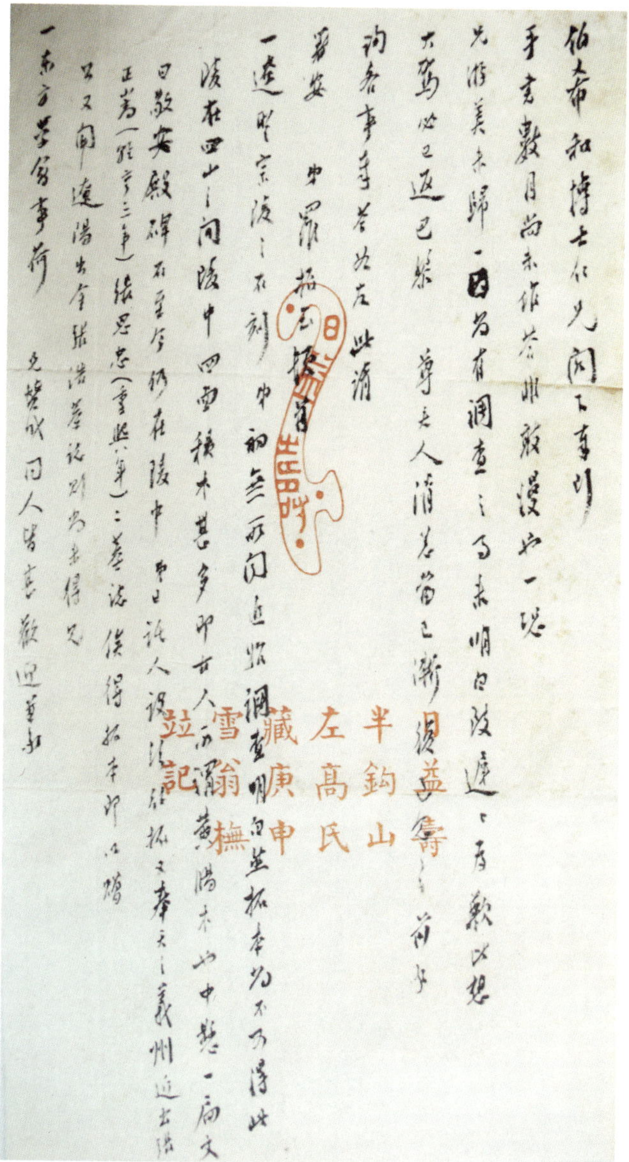

伯希和博士仁兄閣下：奉到
手書數月，尚未作答，非敢漫也。一緣
先游美未歸，一因為有調查之事未明白。弟返遼已有數日，以想
大駕必已返巴黎，尊夫人清恙當已漸復□前乎。
詢各事，奉答如左，此請
著安　　弟羅振玉頓首
一、遼聖宗陵之石刻，弟初無所聞，近始調查明白，並拓本均不可得。此
陵在四山之間，陵中四面積木甚多，即古人所謂黃腸木也。中懸一扁，文
曰「聖安殿」，碑石至今仍在陵中，弟已託人設法往拓。又奉天之義州近出遼
正篇（統和三年）、張思忠（重熙八年）二墓誌，俟得拓本即以奉贈。
又聞遼陽出金張浩墓誌，聞尚未得見。
一、東方學會事，荷
先生暨成同人皆甚歡迎，並知

半鉤山左高氏藏庚申雪翁撫竝記

示僕庚子賠款退還時專學會所資，現由中指二萬元先從印刷內印行書籍（尤為可謝）

至弟之所藏書籍、碑版、古器、書畫及所得內閣大庫史料，並擬擇入會中，僕有

所籌印造象、圖書館、博物館，即以弟所藏為基礎，想為

先生所樂聞也。

一、學會新印新羅圖考及史料叢編，又由追撫記書寄奉，俟出齊後一併寄到

新[illegible]撥收　又敦煌零拾再

一、瀋陽新出銘石，得及請不能，滿字寫等十二紙，又印彙一冊，同奉

查收。寧洪氏及近年出土古器，其秋時尚有文字，辨彝辨考之作□□形，而照目

而出之書，齊尚漢刻之□形，此以前未有之品，紙背有亦未知也。

一、華廉氏攜歸之敦煌古籍，但聞東去者以一紙，示無從知為何物。

一、承寄示之陶文、彝文字，拓本精且可寶貴，不知此器近歸何處，乞

示知為荷。近前承賜雄州傳遺千文，緩書寄新[illegible]之用，至感也。

日益壽

半鈞山

古高紙

藏庚申

雪翁撫

題記

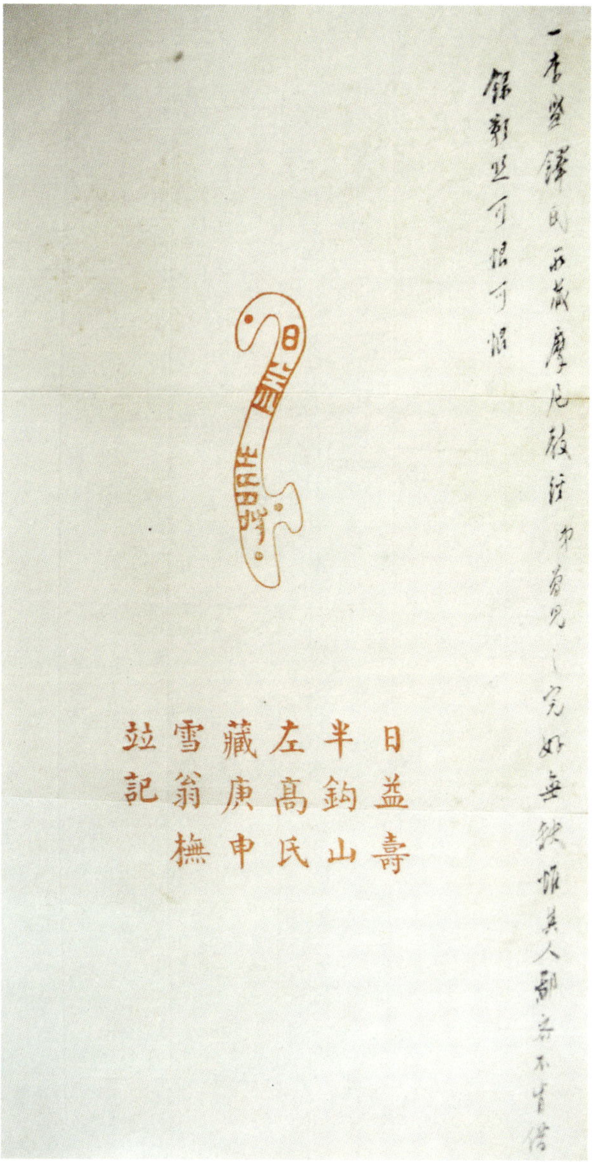

一本登鐫氏所藏摩尼殘片後治即當見之完好無缺惟其人顧不肯借
銘辭並可恨可慨
日益壽
半鉤山
左高氏
藏庚申
雪翁撫
竝記

罗振玉致伯希和信

［一九二七年六月七日（一）］

伯希和博士仁兄阁下，久不通音问，维

起居嘉胜为祝。兹有请者，弟重订李氏纪元编（二），于安南阮氏（三）年号，至道光间阮弘（四）任为止，道光以

后，阮氏纪元，不知有何书籍可考。求

托越南东京友人，代购寄下。费

神至感。敝友王君静安（五），此五月沈渊死，海内外人士，莫不悼惜。

兹寄奉赴文一通，遗嘱一纸，弟所为传一篇，求

拾入。想

阁下亦为惋悼也。弟近刊九种，邮奉。到祈

惠存。天气苦热，祈

为道自卫。此颂

起居维

照不赐

弟罗振玉顿首　阴历六月七日

（一）年代为吉美博物馆标注，月份日期为信中标注。本信附图含罗振玉附于信中的《海宁王忠悫公传》，即《王传》。

（二）李氏纪元编　清朝进士李兆洛编撰的《纪元编》。收录了自汉武帝到清代前期各政权年号。

（三）安南阮氏　安南，指今越南。安南阮氏，指越南阮朝。始于十五世纪。

（四）阮弘　指越南阮朝阮弘宗阮福昶（一八八五—一九二五）。

（五）王君静安　指王国维（参见王国维致伯希和一九二〇年八月十三日信批注（一））。

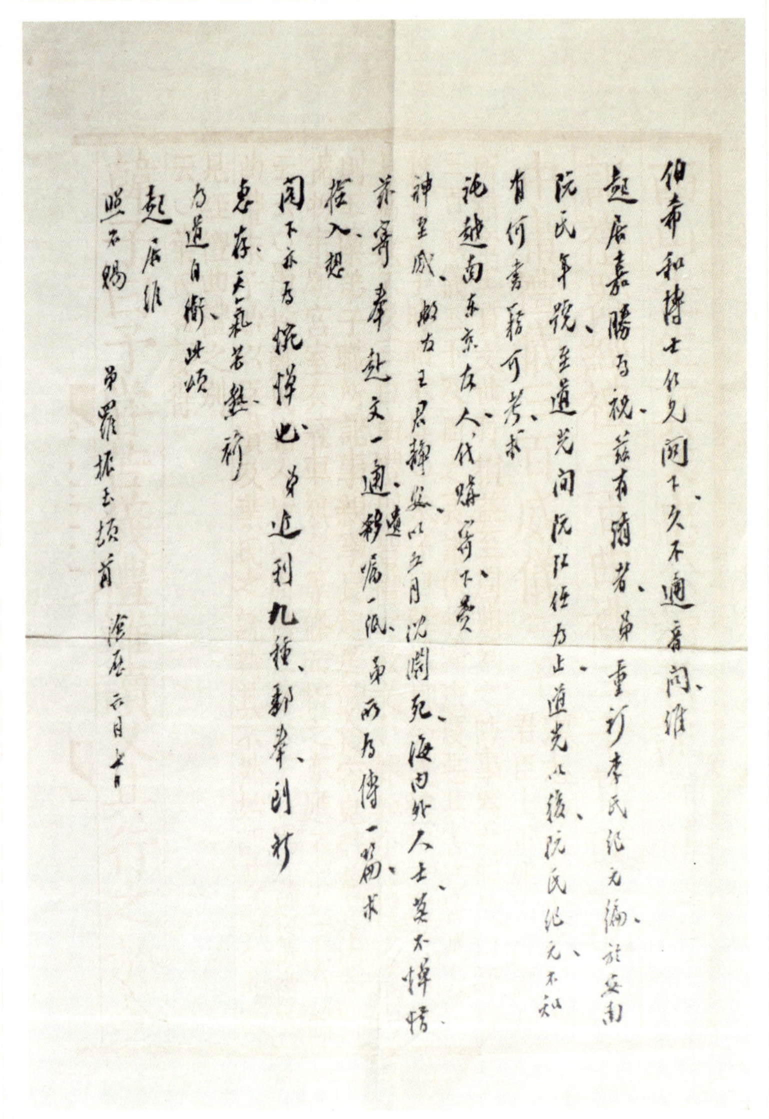

伯希和博士仁兄閣下：久不通音問，維
起居嘉勝為祝。茲有請者，弟重刊李氏紀元編，於安南
阮氏年號至道光間阮福任為止，道光以後阮氏紀元不知
有何書籍可考，求
施越南東京友人代購寄下，費
神至感。敝友王君靜安以五月沈淵死，海內外人士莫不悼惜。
茲寄奉赴文一通、遺影像一紙、弟所為傳一篇，求
揭入報，
閣下亦為挽悼也。弟近刊九種，郵奉，即祈
惠存。天氣若熱，祈
為道自衛。此頌
起居，維
照不賜。弟羅振玉頓首 [illegible] 六月[illegible]

海甯王忠慤公傳

羅振玉

公諱國維，字靜安，亦字伯隅，號觀堂，亦曰永觀，浙江海甯州人。先世籍開封，當北宋時，其遠祖曰珪、曰光祖、曰稟，三世均以武功顯，而兩世死國難，宋史並有傳。高宗時，子孫扈蹕南渡，遂家於海甯。其後嗣隆替，具於家牒，此不具書。曾祖厶，祖厶，並潛德不耀。考乃譽，值洪楊之亂，棄儒而賈。公生而岐嶷，讀書通敏異常兒，年未冠，文名噪於鄉里。尋入州學，以不喜帖括之學，故再應鄉舉不中程，乃益肆力於詩古文。於時值中日戰役後，和議告成，國威稍替，海內士夫爭抵掌言天下事，謀變法自強。光緒丙申，錢唐汪穰卿舍人康年剏設時務報於上海，以文章鼓吹，天下人心為之振動，異日亂階遂兆於此。然在首事者，意在振聾發聵，未始知且兆亂也。公時方冠，思有以自試，且為菽水謀，乃襆被至滬江，顧無所遇。適同學某孝廉為舍人司書記，以事返鄉里，遣公為之代。明年，予與吳縣蔣伯斧學部黼結學農社於上海移譯東西各國農學書報以乏譯才明年戊戌夏遂立東文學社造就之聘日本藤田博士豐八為教授公來受學時予尚未知公乃於其同舍生扇頭讀公詠史絕句知為偉器遂拔之儕類之中為贍其家俾力學無內顧憂歲辛丑既畢業予適主武昌農學校延公任譯授是年秋公東渡留學日本物理學校期年以脚氣歸主予家病愈乃薦公於南通師範學校主講哲學心理論理諸學甲辰秋予主江蘇師範學校公乃移講席於蘇州凡三年丙午春予奉學部奏調明年薦公學行於蒙古榮文恪公慶命在學部總務司行走歷充圖書館編譯名詞館協脩及辛亥冬國變作予挂冠神武避地東渡公攜家相從寓日本京都是時予交公十四年矣初公治古文辭自以所學根柢未深讀江子屏國朝漢學師承記欲於此求修學塗徑予謂江氏說多偏駁國朝學術實導源於顧亭林處士厥後作者輩出而造詣最精者為戴氏震程氏易疇錢氏大昕汪氏中段氏玉

裁及高郵二王因以諸家書贈之公雖加流覽然方治東西洋學術未遑專力於此課餘復從藤田博士治歐文並研究西洋哲學文學美術尤喜韓圖叔本華尼采諸家之說發揮其旨趣為靜安文集在吳刻所為詩詞在都門攻治戲曲著書甚多並為藝林所推重至是予乃勸公專研國學而先於小學訓詁植其基並與論學術得失謂尼山之學在信古今人則信今而疑古國朝學者疑古文尚書疑尚書孔注疑家語所疑固未嘗不當及大名崔氏著考信錄則多疑所不必疑矣至於晚近變本加厲至謂諸經皆出偽造至歐西之學其立論多似周秦諸子若尼采諸家學說賤仁義薄謙遜非節制欲捄新文化以代舊文化則流弊滋多方今世論益歧三千年之教澤不絕如綫非矯枉不能反經士生今日萬事無可為欲挽此橫流舍反經信古末由也公年方壯予亦未至衰暮守先待後期與子共勉之公聞而懼然自懟以前所學未醕乃取行篋靜安文集百餘冊悉摧

燒之欲北面稱弟子予以東原之於茂堂者謝之其遷善徙義之勇如此公既居海東乃盡棄所學而寢饋于往歲予所贈諸家之書予復盡出大雲書庫藏書五十萬卷古器物銘識拓本數千通古彝器及他古器物千餘品恣公搜討復與海內外學者移書論學國內則沈乙庵尚書柯蓼園學士歐洲則沙畹及伯希和博士海東則內藤湖南狩野子溫藤田劍峯諸博士及東西兩京大學諸教授每著一書必就予商體例衡得失如是者數年所造乃益深且醕公先予三年返國予割藏書十之一贈之送之神戶執公手曰以君進德之勇異日以亭林相期矣公既返國爲歐人某主持學報並徧觀烏程蔣氏藏書爲編書目並取平生造述擷其精粹爲觀堂集林二十卷三十五以前所作棄之如土苴即所爲詩詞亦刪薙不存一字蓋公居東後論詩之旨與前此夐殊也壬戌冬蒙古升吉甫相國奏請選海內耆碩供奉　南書房以益　聖學並以公薦得　旨俞允明

年夏公入都就職奉 旨 賞食五品俸 賜紫禁城騎馬命撿
昭陽殿書籍公以韋布驟爲近臣感 恩遇再上封事得 旨
褒許甲子秋予繼入 南齋奉 命與公撿定 内府所藏古彝
器乃十月值 宫門之變公援主辱臣死之義欲自沈神武門御河
者再皆不果及 車駕幸日使館明年春 幸天津公奉 命就
清華學校研究院掌教以國學授諸生然津京間戰禍頻仍公日憂
行朝頻至天津欲有所陳請語吶輒苦不達今年夏南勢北漸危
且益甚公欲言不可欲默不忍乃卒以五月三日自沈頤和園之昆
明湖以死家人於衣帶中得遺墨自明死志曰五十之年祇欠一死
經此世變義無再辱云云並屬予代呈封章初二日疏入 天子覽奏隕
涕初五日 詔曰南書房行走五品銜王國維學問博通躬行廉
謹由諸生經朕特加拔擢供職南齋因值播遷留京講學尚不時來
津召對依戀出於至誠遽覽遺章竟自沈淵而逝孤忠耿耿深惻朕

懷著加恩予謚忠慤派貝子溥伒即日前往奠醊賞給陀羅經被並賞銀弍千圓治喪由留京辦事處發給以示朕憫惜貞臣之至意其哀榮為二百餘年所未有海內外人士知與不知莫不悼惜公至是可謂不負所學矣予既入都哭公並經紀其身後遺著盈尺由其門生分任編訂或以此責予予意此在公為羽毛公之不朽固在彼不在此也公生於光緒丁丑十月二十九日卒於丁卯五月三日得年五十有一娶莫氏繼室潘氏子潛明高明貞明紀明慈明登明孫慶端潛明予子壻也先公一年卒其嗣子將遵遺命葬清華園卜吉尚未有期而海內外人士以予交公久知公深多就予訪公學行乃揮涕為之傳俟異日史官採焉

論曰公平生與人交簡默不露圭角自待顧甚高方為汪舍人司書記第日記門客及書翰往來而已故抑欝不自聊及與予交為謀甘旨俾成學遂無憂生之嗟在他人必感知矣而公顧落落意若曰此

惠我耳非知我也及陳善納誨以守先待後相勉一旦乃欲北面意
殆曰此真知我矣其所以報之者乃在植節立行不負所學斯不負
故人賢者之所為固與世俗之感惠徇知者異矣又公之一生予知
公雖久而素庵相國知之尤深相國性嚴正少許可嘗主予家一見
公遽相推許後遂加薦剡公感知遇執贄門下及相國聞公死耗泣
然曰士夫不可不讀書然要在守先聖經訓耳非詞章記誦之謂也
嘗見世之號博雅者每貴文賤行臨難巧辭以自免今靜安學博而
守約執德不回此予所以重之也嗚呼相國真知人哉

商务印书馆（一）致伯希和信

［一九一六年七月二十四日（二）］

天字第三七五八号覆信时请将收到某字第几号等字叙入以便查对

上海商务印书馆发行事务处谨启覆信封面请照谨启上字样填写乞勿写办事人之姓名

北京法国公使馆（三）

伯利和（四）先生大鉴敬启者承

嘱代购古学汇刊（五）风雨楼丛书（六）及常州先哲遗书（七）已遵配到另有张君石铭（八）送

阁下适园丛书（九）一部计扎两包特装寄北京敝分馆书箱内附上兹将发票呈

核该款乞

掷交北京敝分馆为荷应需运费若干亦请先生与该分馆面算至国粹丛书及神州国光集（十）维有书而不全故未代配

特此附陈祈颂

台祺希

詧不宣

年七月廿四日

（一）商务印书馆　中国第一家现代出版机构。由原美北长老会美华书馆工人夏瑞芳等四人于一八九七年创建于上海。一九〇二年张元济等先后加入。一九五四年总部迁址北京。

（二）此信与张元济致伯希和一九一六年七月二十四日信同时寄出。信纸上标有『商务印书馆启事用笺』字样。信封上标有『敬祈面呈　法国公使馆　伯利和先生台启　上海商务印书馆有限公司菊生拜托（上海棋盘街中四马路口第四百五十三号门牌　德律风五百五十五号又一千四百五十五号电码五千三百六十四号）七月廿四日』字样。本信附图含信封、购书单据。

（三）北京法国公使馆　一八六一年法国在北京东交民巷建立的公使馆。一九一六年伯希和曾奉派至公使馆任陆军武官次官。

（四）伯利和　伯希和名字的另一种译法。

（五）《古学汇刊》　指由国粹学报社编辑、上海神州国光社于民国初期出版的五册古籍汇刊。

（六）《风雨楼丛书》　指清末由邓实编辑、顺德邓氏出版的五十册古籍丛书。

（七）《常州先哲遗书》　指由盛宣怀编辑、盛氏思惠斋出版的一百余册古籍刻本。

（八）张君石铭　指张石铭（参见张元济致伯希和一九一六年七月二十四日信批注（五））。

（九）《适园丛书》　参见张元济致伯希和一九一六年七月二十四日信批注（五）。

（十）《国粹丛书》及《神州国光集》　一九一六年时伯希和曾请张元济代购此二书（参见张元济致伯希和一九一六年七月二十四日信批注（二）（三））。

天字第三七五八號

覆信時請將收到某字第幾號等字敘入以便查對

上海商務印書館發行事務所謹啓

覆信封面請照謹啓上字樣填寫乞勿寫辦事人之姓名

年七月廿日

第一頁

北京法國公使館

伯利和先生大鑒敬啓者敝

館代購古學彙刊風雨樓叢書及常州先哲遺

書已遵配到另有張君石銘送

閣下適園叢書一部計紮兩包特裝寄北京敝

分館書箱內附上茲將發票呈

商務印書館啓事用牋

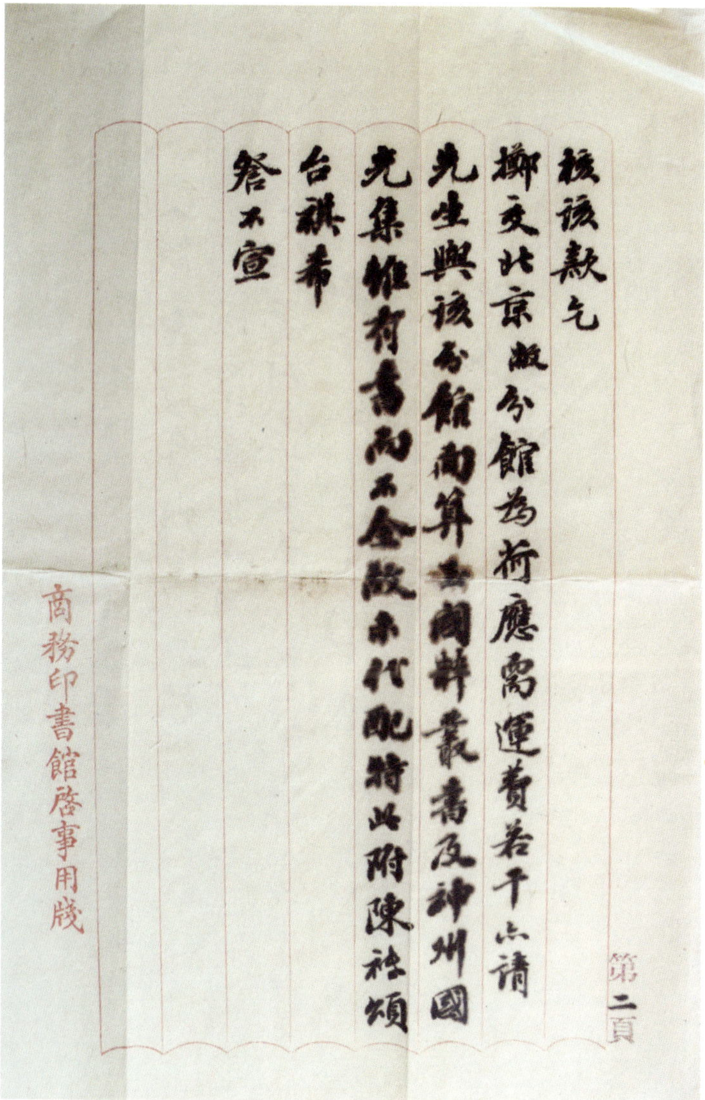

核該款乞
擲交北京敝分館為荷應需運費若干亦請
先生與該分館商算至國粹叢書及神州國
光集雖有書而不全故不代配特此附陳祗頌
台祺希
答不宣

第二頁

商務印書館啟事用牋

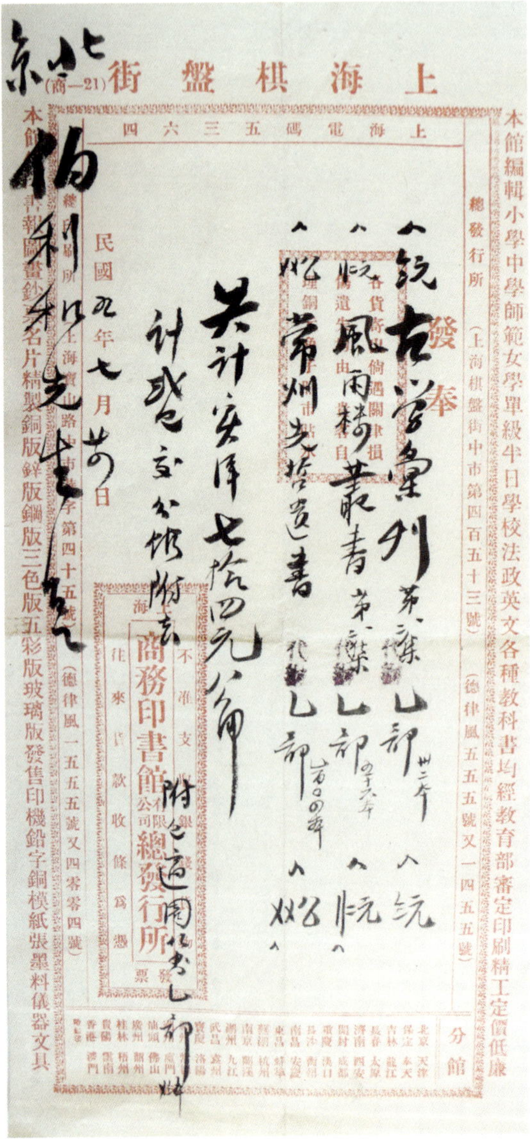

上海棋盤街 (商—21)

上海電碼五三六四

總發行所 (上海棋盤街中市第四百五十三號)(德律風五五五五號又一四五五號)

本館編輯小學中學師範女學單級半日學校法政英文各種教科書均經教育部審定印刷精工定價低廉

本館……書報圖畫鈔券名片精製銅版鋅版鋼版三色版五彩版玻璃版發售印機鉛字銅模紙張墨料儀器文具

總……印刷所 (上海寶山路……第四十五號)(德律風一五五五號又四零零四號)

發奉

古學彙刊 第三集 部

風雨樓叢書 部

常州先哲遺書 部

共計

民國 九 年 七 月 廿 日

商務印書館有限公司總發行所

往來各款收條爲憑

發票

分館 北京 天津 保定 奉天 吉林 龍江 長春 太原 濟南 西安 開封 成都 重慶 漢口 長沙 常德 南昌 安慶 蕪湖 杭州 蘭谿 南京 潮州 九江 武昌 寶慶 洛陽 汕頭 佛山 廣州 梧州 桂林 貴陽 雲南 香港 澳門

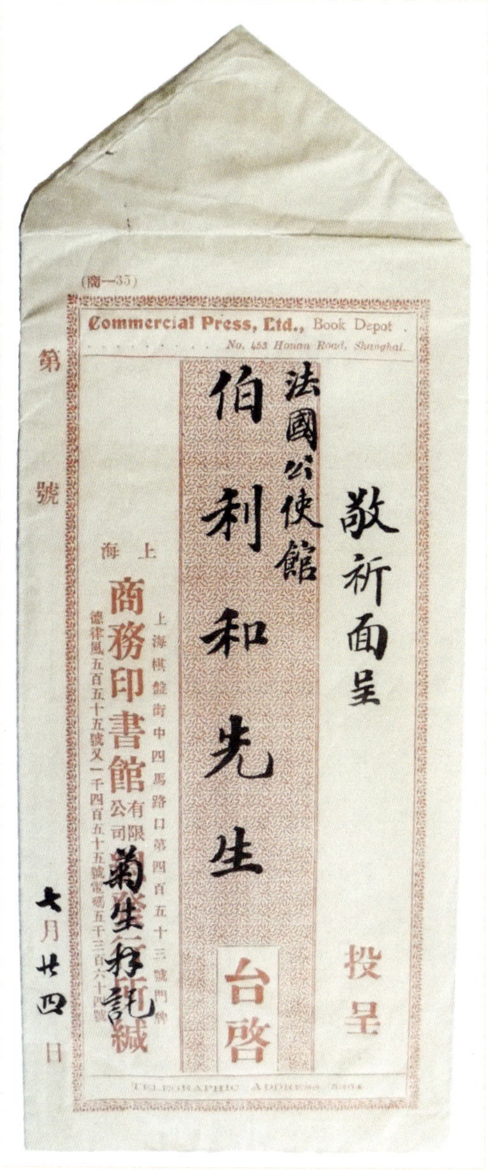
(商一35)
Commercial Press, Ltd., Book Depot
No. 453 Honan Road, Shanghai.
第 號
法國公使館
伯利和先生
敬祈面呈
上海
商務印書館有限公司
投呈
台啓
七月廿四日

天津博物院（一）致伯希和信

〔一九二三年九月十九日（二）〕

敬复者接到来函祇悉一切兹寄上〔秦书八体原委〕〔秦书集存〕〔国文探索一斑〕〔巨鹿宋瓷丛录〕（三）各一部汉党锢残石（四）印片一份谨以奉赠祈广为传播以引起

贵国学者对于敝国文化之研究是所切盼以上各书敝院曾托

贵国驻津领事苏馨（五）先生代寄巴黎博物院各一部如有欲研究斯学者可请其往该院取阅再者敝院出版各书（请看各书后所附之书目）均可出售望祈

分神代为介绍如有购者可与敝院来函或由执事处转达敝院均可但请先将书价外加邮费寄下即可奉上外有汉党锢刻石印片四份请

费神代为售卖每份定价华币八角此复即请

保罗先生　台鉴

天津博物院启　十二年九月十九日

（一）天津博物院　天津博物馆的前身，成立于一九一八年。曾更名为河北第一博物院、河北博物院。

（二）时间为信中标注。信封上标有『法国巴黎瓦伦街三十八号 保罗先生台启 Paul Pelliot 38 Rue de Varenne Paris France』字样。本信附图含信封。

（三）《秦书八体原委》《秦书集存》《国文探索一斑》《巨鹿宋瓷丛录》　指由华学涑编辑、天津博物院二十世纪二十年代初出版的古籍。

（四）汉党锢残石　汉时石刻。两面隶书，阴面六行二十四字，阳面二行七字。陈邦福曾有考证，认为此石刻与党锢之祸有关，故名。现存天津历史博物馆。

（五）苏馨　J. E.Saussine，时任法国驻津领事。

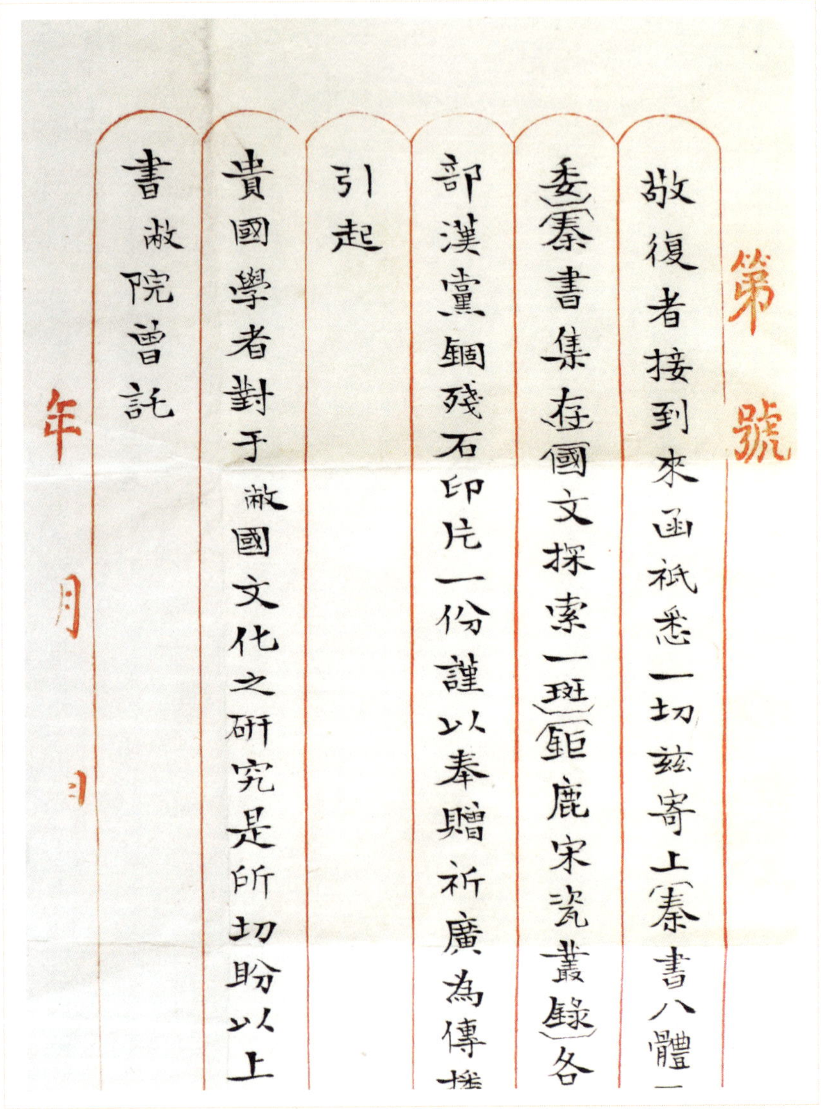

第　號

敬復者接到來函祇悉一切玆寄上秦書八體一
委秦書集存國文探索一斑鉅鹿宋瓷叢錄各
部漢黨錮殘石印片一份謹以奉贈祈廣為傳播
引起
貴國學者對于敝國文化之研究是所切盼以上
書敝院曾託

年　月　日

第　號

貴國駐津領事蘇馨先生代寄巴黎博物院各
一部如有欲研究斯學者可請其往該院取閱再
者敝院出版各書（請看各書後所附之書目）均可出
售望祈
分神代為介紹如有購者可與敝院來函或由
執事處轉達敝院均可但請先將書價寄下即
外加郵費

年　月　日

第　號

可奉上外有漢黨錮刻石印片四份請

費神代為售賣每份定價華幣八角此復即

保羅先生　台鑒

天津博物院　啓

十二年　九月　十九日

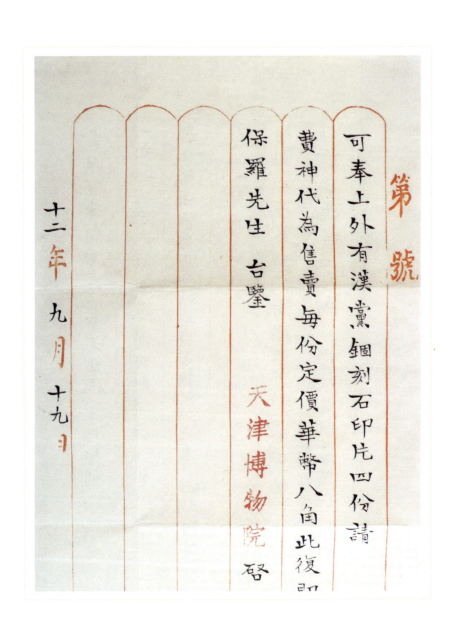

法國巴黎瓦倫街三十八号
保羅先生台啓
Paul Pelliot
38 Rue de Varenne
Paris
France
R
Tientsin 10
No. 942
天津
TIENTSIN 10
20 SEP 23
12

王国维（一）致伯希和信

［一九二〇年八月十三日（二）］

伯希和先生阁下燕台一别忽忽十年今夏

旌从遇沪仅驻二日未获一奉

教言至以为怅比想

兴居无恙

著述多娱当如远颂前年得见尊撰摩尼教经译本并摩尼教考（三）弟虽未谙法文然见所引汉籍源流赅备钦佩钦佩又见今夏始得见之八年前先生初任教授时演说（四）得悉近年东方古语学之进步因作西胡考二篇（五）并他杂文数篇令人缮录一册呈教玄奘所言窣利文字（六）竖读覩货逻文字（七）自左向右不知近年所发见之粟特覩货逻文字尚存此形式否近在上海来远公司见敦煌所出宋初画二幅皆曹氏之物喜其可补史事因作二跋（八）并在册中彼公司中有管君复初（九）欲赴欧洲属函致台端为之先容并属公司驻巴黎之卢君琴斋（十）先行晋谒祈进而教之近闻北京收藏家中有敦煌所出景教经二种一志元常乐经一宣元本经（十一）罗先生（十二）拟设法借之影照又日本友人富冈谦藏（十三）敦煌所出壹神论（十四）一卷亦景教经典富冈君于去岁逝世其友人谋刊其遗书尚有唐写本王子安集（十五）卷廿九卷三十两卷数年中当可出板此皆先生所乐闻故以奉告伦敦博物馆敦煌书（十六）中有一残卷系七言古诗一首首尾残阙日

本狩野教授（十七）曾录得副本弟见其中有内库烧为锦绣灰天街踏尽公卿骨二句据北梦琐言（十八）定为韦庄秦妇吟（十九）嗣见巴黎敦煌书目（二十）有右补阙韦庄秦妇吟一卷巴黎本有书名撰人必较伦敦本为完善可否影照见寄又唐刻切韵（二十一）弟想望者已十年能否一同影照此二书影照后仍由罗先生印行并闻照相费若干当托来远公司卢君奉呈照片亦请交卢君转寄至感至感专肃顺候

起居不宣

弟王国维顿首　中秋前二日

（一）王国维（一八七七—一九二七）　初名国桢，字静安，亦字伯隅，初号礼堂，晚号观堂，又号永观，谥忠悫。浙江海宁人。史学家、考古学家、文学家、美学家。代表作品有《观堂集林》《人间词话》等。曾与罗振玉共同整理研究敦煌遗书等，著有《流沙坠简》（与罗振玉合作）等书籍及相关考证类文章。伯希和曾在法国《通报》发表研究王国维作品的专论《评王国维遗书》及介绍王国维的文章《王国维》（又名《纪念王国维》，参见本书附图之『伯希和撰文《纪念王国维》手稿』）。

（二）年代为吉美博物馆标注，月份和日期为信中标注。所附信封上标有『Professor Paul Pelliot, 4 Rue Brunel, Paris, France. 外书一册烦卢勤斋君持呈　伯希和先生台启　王国维拜托』字样。本信附图含信封。

（三）摩尼教经译本并摩尼教考　指伯希和根据罗振玉刊印京师图书馆所藏《摩尼教经》卷翻译本及其所附《摩尼教考》。一九一九年王国维又撰写《摩尼教流行中国考》，后刊于《亚洲学术杂志》一九二一年第十一期。伯希和与沙畹所作同名文章《摩尼教流行中国考》中译本见商务印书馆一九三一年、一九三三年版。文章前半部分疏释摩尼教教义，后半部分论述摩尼教流行中国始末。

（四）演说　指伯希和一九一一年就任法兰西学院中亚细亚语史学教授时的讲演《近日东方古言语学及史学上之发明与其结论》。王国维一九一九年曾将其从日文译成中文。

（五）西胡考二篇　指一九一九年八九月王国维所撰《西胡考》《西胡续考》两文。

（六）窣利文字　古代粟特人使用的一种拼音文字。这种语言属印欧语系伊朗语族伊朗语支。十三世纪蒙古族进入中亚后废弃。

（七）覩货逻文字　吐火罗文字。印欧语系中的一种独立语言。曾流行于古中亚地区焉耆、龟兹等地。

（八）二跋　《于阗公主供养地藏菩萨画像跋》和《曹夫人绘观音菩萨像跋》。二画皆为敦煌所出画像。

（九）管君复初　指管复初。古董商人。商业活动与来远公司关联。据记载管复初此次受王国维之托转呈此信，也是其首次拜见伯希和。

（十）卢君琴斋　指卢芹斋（参见罗振玉致伯希和一九一七年十月二十六日信批注（二））。

（十一）景教经二种—志元常乐经—宣元本经　指中国学者李盛铎所藏敦煌石室写本景教经《志玄安乐经》《宣元本经》。景教，唐朝时期传入中国的基督教聂斯脱里派，即起源于叙利亚的东方亚述教会。

（十二）罗先生　指罗振玉（参见罗振玉致伯希和一九一三年四月二十一日信批注（一））。

（十三）富冈谦藏（一八七三—一九一八）　日本考古学家。日本中国学京都学派创始人之一。

（十四）《壹神论》　富冈谦藏所收藏景教经典。

（十五）《王子安集》　初唐诗人王勃（六五〇—六七五，字子安）所撰文集。

（十六）伦敦博物馆敦煌书　指斯坦因收集并藏于大英博物馆的敦煌石室遗书等。

（十七）狩野教授　指狩野直喜（参见董康致伯希和一九一二年信批注（五））。

（十八）《北梦琐言》　唐五代笔记小说集。

（十九）韦庄《秦妇吟》　唐末五代诗人韦庄（八三六—九一〇）创作的乐府诗。

（二十）巴黎敦煌书目　指伯希和收集并藏于法国巴黎国家图书馆的敦煌石室遗书。

（二十一）唐刻《切韵》　《切韵》原书已经失传。这里指法国巴黎国家图书馆所藏敦煌唐写本《切韵》残卷三种。

伯希和先生閣下燕臺一别忽忽十年今夏

旌從過滬僅駐二日未獲一奉

教言至以為悵比想

興居無恙

著述多娱當如遠頌前年得見　尊撰摩尼教經譯本並摩（今夏始得見）

尼教考　弟雖未諳法文然見所引漢籍源流賅備欽佩之之又見

八年前　先生初任教授時演説得悉近年東方古語學之進步因

作西胡考二篇并他雜文數篇令人繕錄一冊呈　教玄奘所言窣利文

字暨讀覩貨邏文字自左向右不知近年所發見之粟特覩貨邏文字尚存此形式否近在上海來遠公司見敦煌所出宋初畫二幅皆曹氏之物喜其可補史事因作二跋並在册中彼公司中有管君復初欲赴歐洲屬函致 台端為之先容並屬公司駐巴黎之盧君琴齋先行晉謁祈 進而教之 近聞北京收藏家中有敦煌所出景教經二種一志元常樂經一宣元本經 羅先生擬設法借之影照又日本友人富岡謙藏敦煌所出壹神論一卷亦景教經典富岡君於去歲逝世其友人謀刊其遺書（尚有唐寫本王子安集卷廿九卷三十兩卷）數年中當可出

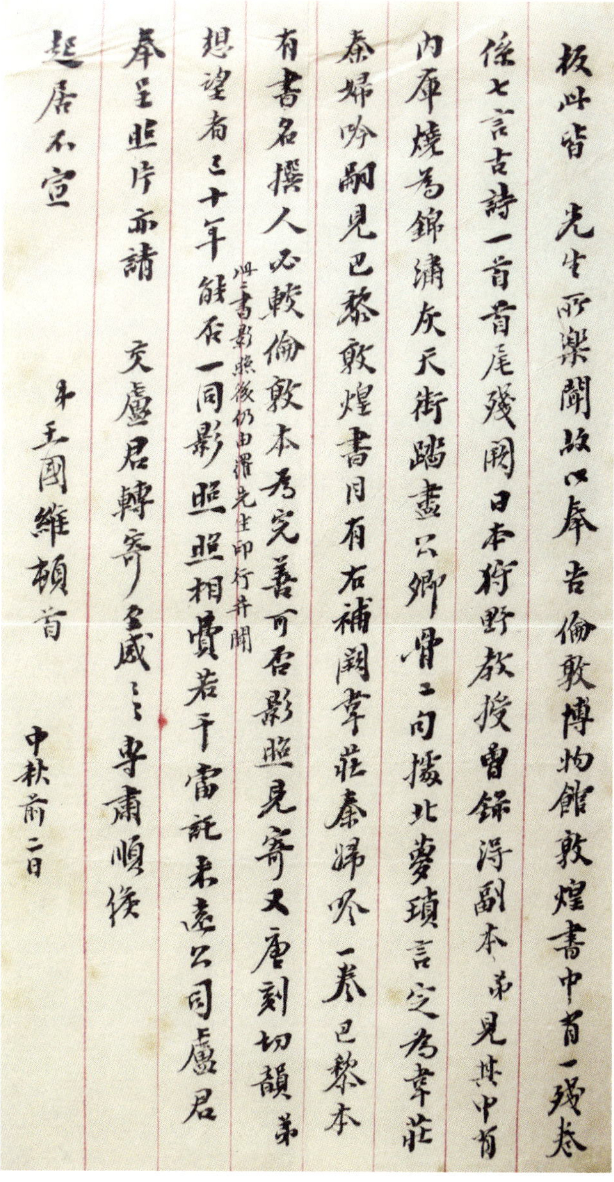

凡此皆　先生所樂聞，故以奉告。倫敦博物館敦煌書中有一殘卷，
係七言古詩一首，首尾殘闕。日本狩野教授曾錄得副本，亦見其中有
「內庫燒為錦繡灰，天街踏盡公卿骨」二句，據《北夢瑣言》定為韋莊
《秦婦吟》。嗣見巴黎敦煌書目有右補闕韋莊《秦婦吟》一卷，巴黎本
有書名撰人，必較倫敦本為完善，可否影照見寄。又唐刻《切韻》，弟（此二書影照後仍由滑先生印行，并聞）
想望者二十年，能否一同影照，照相費若干，當託來遠公司盧君
奉呈。匪序亦請　交盧君轉寄。多感多感。專肅，順候
起居不宣

弟王國維頓首
中秋前二日

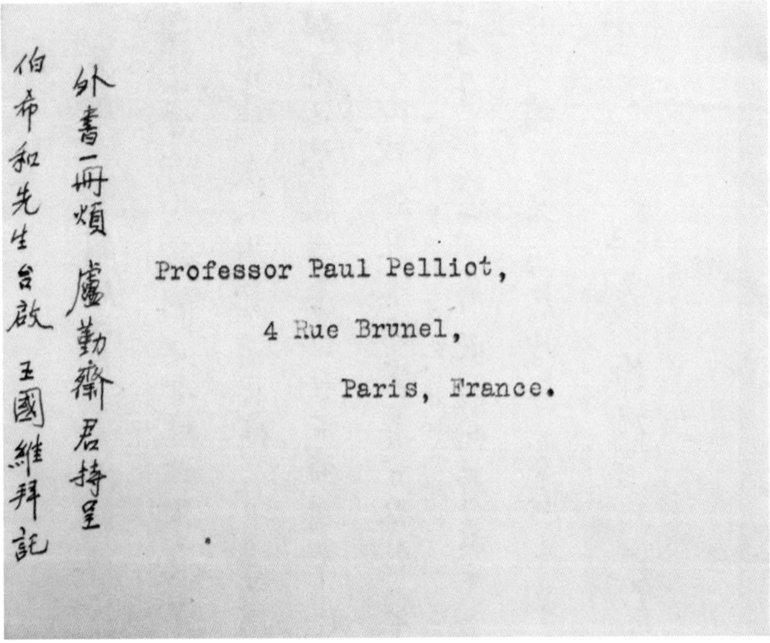

外書一冊煩 盧勤齋君持呈

伯希和先生台啟 王國維拜託

Professor Paul Pelliot,

4 Rue Brunel,

Paris, France.

王国维致伯希和信

［一九二五年七月二十四日（一）］

伯希和先生左右去岁曾承

先生录寄韦庄秦妇吟（二）全诗至为感纫此闻近年出土之物龟甲兽骨久已阒寂惟洛阳前年出魏石经（三）一大碑被土人析而为二其拓本想必见过其余零星小块存一二字至十余字者与汉石经（四）零块共百余石又有汉石经后进书之表（或系刻经记）共有二种不知

先生已见过否又郑州新郑县去岁出铜器百许件皆无文字唯有一器似簠上有王子婴次之□卢（五）七字弟考得即楚公子婴齐令尹子重（六）盖鄢陵之战（七）遗失于郑地者兹将拓本一纸奉呈祈詧入又有一大鼎新以法去铜锈已得见数十字然大半模糊尚不知作何语也兹有恳者友人陈君寅恪（八）向在美国后在英德二国研究东方各国古文字学而未得一见

先生至以为憾故远道遗书嘱弟为之先容敬乞

先生赐见陈君欲请益之处甚多又欲览巴黎图书馆中

先生所得敦煌各处古籍祈

先生为之介绍并予以便利至为感荷专肃敬候

近祺不一

弟王国维敬启　阴历七月廿四日

（一）年代为吉美博物馆标注，月份日期为信中标注。所附信封上标有『请陈寅恪先生面交　伯希和先生台启　王国维拜托（北京清华学校 TSING HUA COLLEGE PEKING）』字样。本信附图含信封。

（二）韦庄《秦妇吟》　参见王国维致伯希和一九二〇年八月十三日信批注（十九）。此处指伯希和所收集敦煌石室写本。

（三）（四）魏石经汉石经　东汉和曹魏时期所刻碑石经书，中国史上最早官定儒家经本。原并立于洛阳故城南郊太学讲堂东西两侧。宋以来常有石经残石出土。王国维曾据出土等撰《魏石经考》《魏石经续考》（参见罗振玉致伯希和一九二四年信批注（十二））。

（五）王子婴次之□卢　指王子婴次炉，一九二三年出土于河南省新郑县李家楼。为春秋时期烧炭燎炉。王国维认为此炉专为楚国令尹子重所做，并为此撰写《王子婴次炉跋》。

（六）楚公子婴齐令尹子重　指春秋时楚国令尹子重（？—前五七〇年）。芈姓，熊氏，名婴齐，字子重。

（七）鄢陵之战　公元前五七五年春秋晋楚鄢陵之战。晋楚争霸的第三次也是最后一次主力会战。

（八）陈君寅恪　指陈寅恪（参见陈寅恪致伯希和一九三三年八月九日信批注（一））。王国维通过此信向伯希和引荐陈寅恪，亦为有史料记载的陈、伯初识。

伯希和先生左右去歲曾承
先生錄寄韋莊秦婦吟全詩至為感紉此間近年迭出土
之物龜甲獸骨久已闕爾惟洛陽前年出魏石經一大碑
被土人析而為二其拓本想已 見過其餘零星小塊存一
二字至十餘字者與漢石經零塊共百餘石又有漢石經後進
書之表(或係刻經記)共有二種不知
先生已見過否又鄭州新鄭縣去歲出銅器百許件
皆無文字唯有一器似簠上有王子嬰次之口盧七字 弟

考得即楚公子嬰齊（令尹子重）蓋鄢陵之戰遺失於鄭地者

兹將拓本一紙奉呈祈

詧入文百一大鼎新以法去銅鏽

已得見數十字然大半模糊尚不知（作）何語也兹有懇者友

人陳君寅恪向在美國後在英德二國研究東方各國

古文字學而未得一見

先生至以為憾故遠道遺書屬弟為之先容敢乞

先生賜見陳君欲請益之處甚多又欲覽巴黎圖書

館中

清華學校用牋

先生所得敦煌各處古籍祈
先生爲之介紹並予以便利至爲感荷專肅敬候
近祺不一
弟王國維敬啓
陰曆七月廿四日

清華學校用箋

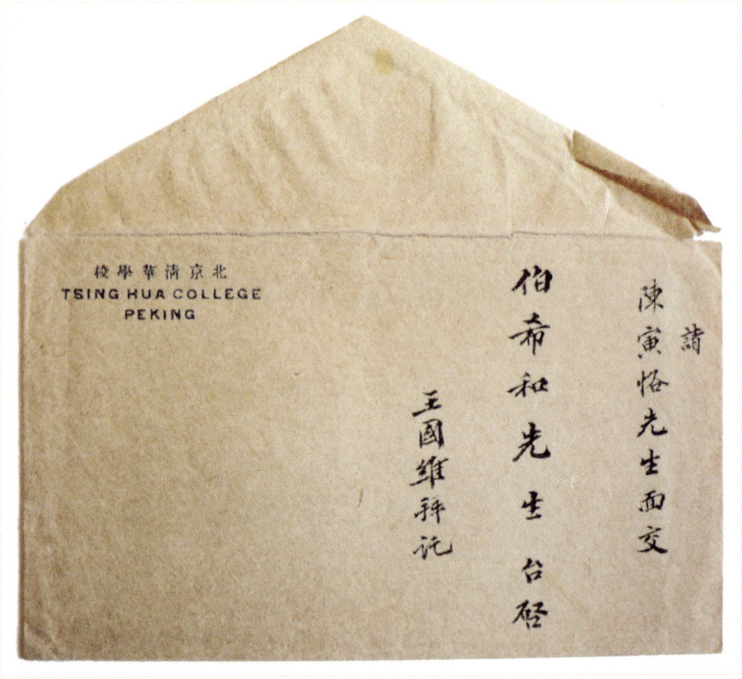
北京清華學校
TSING HUA COLLEGE
PEKING
請
陳寅恪先生面交
伯希和先生台啓
王國維拜託

翁文灏（一）致伯希和信

［一九二四年四月十一日（二）］

（中文译稿）

一九二四年四月十一日

北京（中国）

致：保罗·伯希和教授先生，

瓦莱街三十八号

巴黎七区

法国

教授先生：

因丁先生（三）不在，我收悉了您三月九日的来信。很荣幸现在把印刷品以独立包裹方式寄给您，可能您会对此感兴趣。

J. G. 安特生[四]，《中华远古之文化》

J. G. 安特生，《沙阔屯洞穴沉积物》

章鸿钊[五]，《石雅》

这里的文献缺失对我们来说是一个很大的难题。如果您能把您关于中国考古学方面的重要作品寄给我们，我们将不胜感激。我们计划与各协会和资深人士合作出版中国史前及中国原史时代重要论文集。在最近几年，积累了许多新材料，一些新的版本也正在发行。

感谢您对我们的工作表现出的兴趣。尊敬的先生，请接受我最真挚的祝福。

所长：

翁文灏

（一）翁文灏（一八八九—一九七一） 字咏霓，浙江鄞县人。地质学家。中国第一本《地质学讲义》编者。一九一三年与丁文江创办北洋政府地质调查所，时任所长。

（二）时间为信中标注。信纸题头标有『农商部地质调查所 The Geological Survey 3, Feng-Sheng Hutung, W. Peking, China』字样。法文原稿拼写有误，此处未予勘正。

（三）丁先生　指丁文江（一八八七—一九三六），字在君，江苏泰兴人。曾留学英国剑桥大学和格拉斯哥大学。政治家、地质学家。与翁文灏共同创办地质调查所，曾任所长。中国现代政论杂志《独立评论》创办人之一。一九一五年与安特生初识，并从一九一六年地质调查所成立开始多年亲密合作，中国史前期考古奠基人之一。

（四）J. G.安特生（一八七四—一九六〇）　瑞典地质学家、考古学家。曾被聘为中国北洋政府农商部矿政司顾问。一九二一年主持发掘河南仰韶遗址，发现仰韶文化等，并拉开中国田野考古工作序幕。著有《中华远古之文化》等。

（五）章鸿钊（一八七七—一九五一）　字演群，笔名半粟。地质学家。曾任地质调查所地质股股长等。著有《石雅》等。

Le 11 Averis, 1924.

Peking, (China).

Monsieur le Professeur Paul Pelliot,

38, Rue de Varenne,

Paris VII,

France.

Monsieur le Professeur:

J'ai reçu votre aimable lettre du 9 Mars en absence de Monsieur Ting. Je me fait un plaisir de vous envoyer par un paqnet separé les ouvrages publiés ici et qui pourraient vous interesser.

J. G. Andersson, Au early Chinese Culture

” ” ” , Sha Kuo Tun cave deposit

H. T. Chang, Lapidarium Sinicum.

La manque de litirature nous est toujours une grande difficulté ici. Je serai reconnaissant si vous pouvez nous envoyer vos travaux très importants sur l'archeologie de la Chine. Nons comptons publier avec la colloraboration des associations at des personnes comptentes d'importants mémoires sur le prehistoric et le protohistoric chinois. Beaucoup de nouveaux materiaux ont été accumulés durant ces dermières années, et de nouvelles expédiations sont actuellement en cours.

Vous remerciant pour l'interêt que vons montrez à nos travaux, je vous prie, cher Monsieur, d'agréer l'assurance de mes meilleures considérations.

Wongwenhau

Directeur p.i.

WHW:H.

農商部地質調查所
The Geological Survey
3, Feng-Sheng Hutung,
W. Peking, China

Peking, Le 11 Averis, 1924.
(China)

Monsieur le Professeur Paul Pelliot,
38, Rue de Varenne,
Paris VII,
France.

Monsieur le Professeur:

J'ai reçu votre aimable lettre du 9 Mars en absence de Monsieur Ting. Je me fait un plaisir de vous envoyer par un paquet separé les ouvrages publiés ici et qui pourraient vous interesser.

J. G. Andersson, An early Chinese Culture
" " " , Sha Kuo Tun cave deposit
H. T. Chang, Lapidarium Sinicum.

La manque de litirature nous est toujours une grande difficulté ici. Je serai reconnaissant si vous pouvez nous envoyer vos travaux très importants sur l'archeologie de la Chine. Nons comptons publier avec la colloraboration des associations at des personnes comptentes d'importants mémoires sur le prehistoric et le protohistoric chinois. Beaucoup de nouveaux materiaux ont été accumulés durant ces dermières années, et de nouvelles expédiations sont actuellement en cours.

-2-

農商部地質調查所
The Geological Survey
3, Feng-Sheng Hutung,
W. Peking, China

Peking, Le 11 Averis, 1924.
(China)

Vous remerciant pour l'interêt que vons montrez à nos travaux, je vous prie, cher Monsieur, d'agréer l'assurance de mes meilleures considérations.

Wong Wenhao
Directeur p.i.

WHW:H.

叶恭绰（一）致伯希和信

［一九二七年十二月一日（二）］

敬启者国立北京大学研究所国学门（三）现经改名为国立京师大学校国学研究馆所有馆内事业一切仍旧兹请
执事继续担任本馆通信员（四）尚希
惠允共策进行附上通信员规程一份即请
詧照办理为盼此致
伯希和先生

中华民国十六年十二月一日

国立京师大学校国学研究馆馆长　叶恭绰

（一）叶恭绰（一八八一——一九六八）　字裕甫、玉甫、玉虎、玉父、誉虎，号遐庵。广东番禺人。书画家、收藏家、政治活动家。曾任北洋政府交通总长、孙中山广州国民政府财政部长、南京国民政府铁道部长、京师大学校国学研究馆馆长、中央文史馆副馆长等职。本信写于叶恭绰任职国学研究馆馆长期间。

（二）时间为信中标注。信纸上标有『国学研究馆用笺』字样。本信附图含信中附《国学研究馆通讯员规程》。

（三）北京大学研究所国学门　参见国立北京大学研究所国学门致伯希和一九二四年十一月三日信批注（一）。

（四）伯希和曾任职北京大学研究所国学门通讯员。

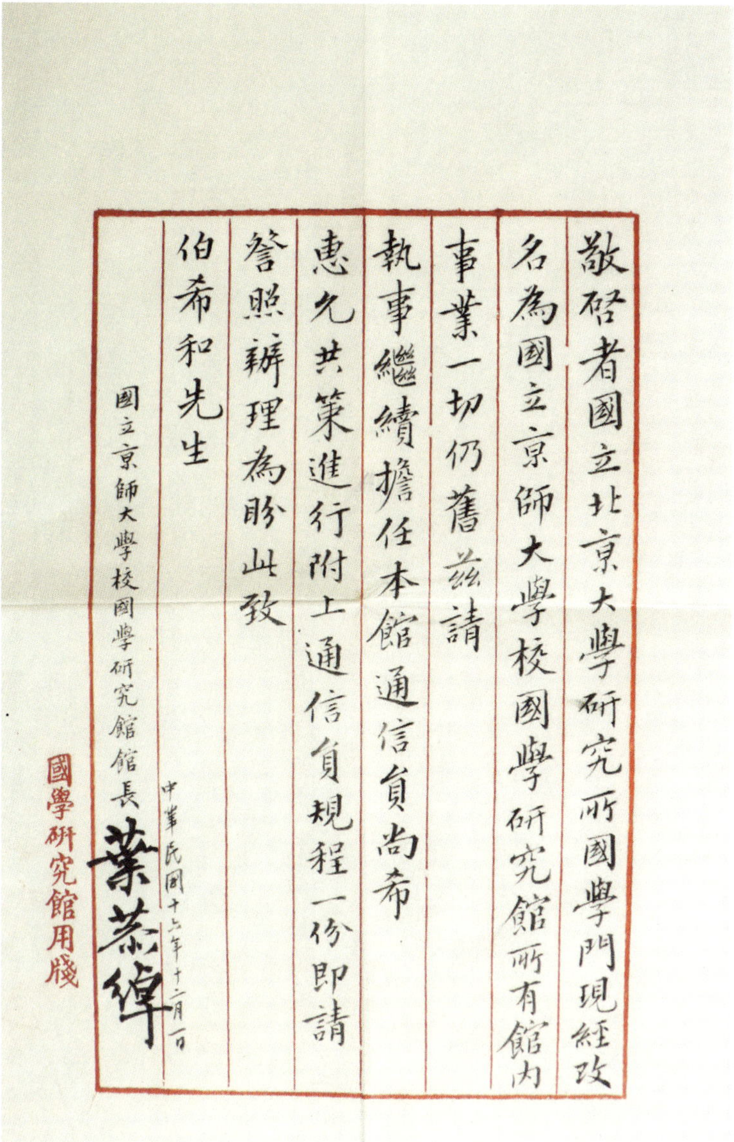

敬啓者國立北京大學研究所國學門現經改
名為國立京師大學校國學研究館所有館內
事業一切仍舊茲請
執事繼續擔任本館通信員尚希
惠允共策進行附上通信員規程一份即請
詧照辦理為盼此致
伯希和先生
國立京師大學校國學研究館館長
葉恭綽
中華民國十六年十二月一日
國學研究館用牋

國學研究館通訊員規程

第一條　本館依本館規程第四條之規定延聘國內外專門學者為通訊員

第二條　通訊員對于本館應隨時為學術上之通訊

上項通訊本館得酌量發表之

第三條　本館對于中國國學之研究整理發現及其他有關于學術上之消息認為應分告各通訊員者得分別以通訊行之

國學研究館用牋

第四條　通訊員均為名譽職其受本館委託為學術上之特種研究或代表本館參與國際學術上之大會或典禮時所需費用須本館協助者得商明本館由本館斟酌擔任

第五條　通訊員對于本館有特别功績者本館得贈以相當之榮譽或紀念物品

第六條　本館普通出版物各通訊員有領受一份之權利

國學研究館用箋

张元济（一）致伯希和信

［一九一〇年九月二十七日（二）］

伯先生阁下敬启者前日承
枉顾并偕从图书馆俾得快睹敝邦古书（三）曷胜欣幸承
允代印
阁下前在敦煌所影照片全分至为心感弟现拟请代影各卷子背面各种借券及地契立嗣证书等较为有用可以参考敝
国古代法律至于敦煌照片则祈
阁下代选紧要者代印数十张足矣所有敦煌石室及该寺各片多印尤妙壁上所画佛像不必多印倘蒙
俯允曷胜感谢所有费用将来即由王君缴呈函中恐有未详仍乞王君面达一切匆匆登程恕不告别　敬颂
台祺

弟张元济顿首
九月廿七日

（一）张元济（一八六七—一九五九） 字筱斋，号菊生。浙江嘉兴海盐人。出版家，商务印书馆创始人之一。曾历任商务印书馆编译所所长、经理、监理、董事长等职。影印出版《四部丛刊》、百衲本《二十四史》等，对中国文化、出版、藏书事业贡献极大。著有《校史随笔》等。一九一〇年张元济曾赴欧美游历，十月份抵达法国巴黎，于二十六日拜见伯希和并参观了法国国家图书馆。此信为作者拜见三日后即二十九日写于巴黎。所用信纸上仍标有『GRAND HÔTEL DU LOUVRE PARIS』字样。

（二）吉美博物馆在此信档案上分别标注了一九一〇年和一九四〇年。根据张元济访问法国并参观敦煌石室遗书时间，应为一九一〇年。月份和日期为信中标注。

（三）一九一〇年十月二十六日（阴历九月二十四日），张元济在伯希和陪同下参观了法国国家图书馆，及其中馆藏由伯希和收集的敦煌石室遗书等。自一九〇九年以来，商务印书馆一直是伯希和所收集敦煌石室遗书在中国刊印的主要机构。

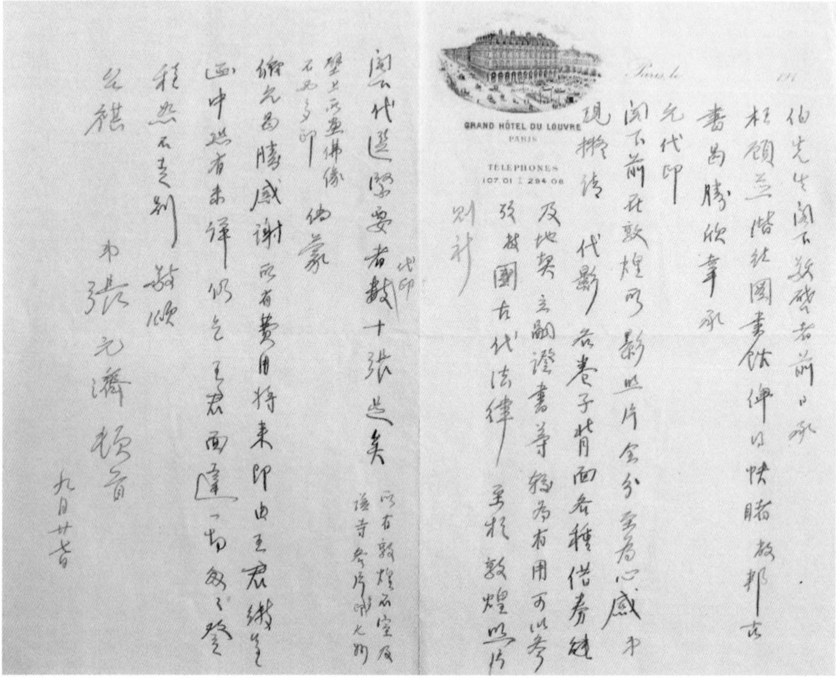

GRAND HÔTEL DU LOUVRE
PARIS
TELEPHONES
107.01 294.06
Paris, le 191

伯先生閣下：敬啓者，前日承
枉顧，並偕往圖書館，俾得快睹敝邦古
書，曷勝欣幸。承
允代印
閣下前在敦煌所影照片全分，至爲心感。弟
現擬請
代影各卷子背面各種借券、錢
及地契、立嗣證書等，竊爲有用，可以參
證敝國古代法律。至於敦煌照片，
則擬請
閣下代選緊要者數十張代印足矣。所有敦煌石室及諸寺參序所攝之物
壁上所畫佛像不必多印。倘蒙
俯允，曷勝感謝。所有費用將來即由王君繼曾
面交。函中恐有未詳，仍乞王君面達一切。匆匆奉瀆，
種種不盡，敬頌
台祺。
弟張元濟頓首
九月廿六

张元济致伯希和信

〔一九一六年七月二十四日（一）〕

敬启者数年阔别忽焉邂逅欣快何如惜

台从急欲北行未能畅叙芷用怅望

委购书籍已交敝馆发行部代为购备其国粹丛书（二）及神州国光集（三）均残缺不全故遵

命未买另有适园丛书（四）四集计四十八册系前日在敝座晚饭坐在

阁下右首之张君石铭（五）所赠一并交北京敝分馆转呈伏祈

詧入并介绍京分馆经理孙君专谒谨乞

推爱延见为幸手布敬颂

伯利和先生台安

张元济顿首

五年七月廿四日

（一）吉美博物馆标注年代为一九一七年，张元济信件中标记年代为五年。如果按民国五年计，应该为一九一六年。据信中内容，此为伯希和一九一六年到法国驻中国公使馆上任前后，上任前曾于七月短暂停留上海，其间曾与张元济会面。此信当写于会面后不久，与张元济信中标注的年代相符。月份和日期为信中标注。

（二）《国粹丛书》 由清代国学保存会一八七五—一九一一年间编辑出版的书籍。共三集二十八种。

（三）《神州国光集》 由黄宾虹、邓秋枚主编，上海神州国光社出版的书籍。

（四）《适园丛书》 参见本页批注（五）。

（五）张君石铭 指张石铭（一八七一—一九二七），名钧衡，字石铭，又称适园主人。浙江湖州南浔人。文物收藏家、杭州西泠印社发起人之一，曾在南浔溪畔建有适园，编有《适园丛书》等。《适园丛书》收录张石铭所藏古书籍等七十四种共十二集。

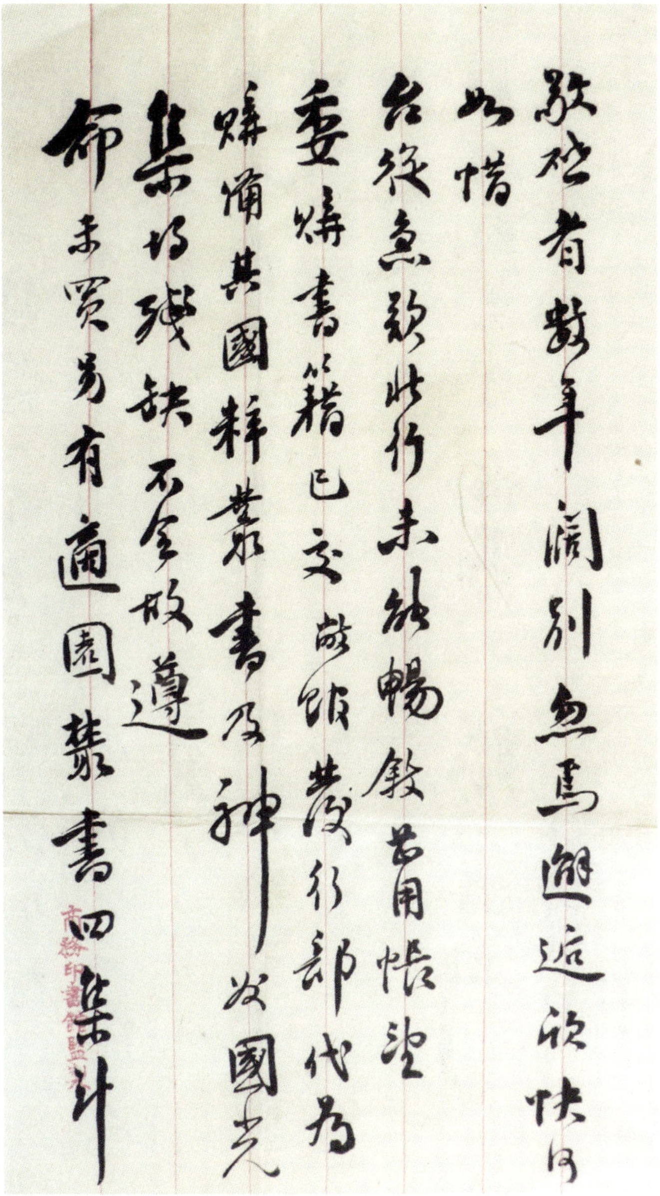
敬啟者數年闊別無焉邂逅欣快何
如惜
台從急歸此行未能暢敘甚用悵望
委購書籍已交敝館叢書部代為
購備其國粹叢書及神州國光
集均殘缺不全故遵
命未買另有適園叢書四集廿
商務印書館監製

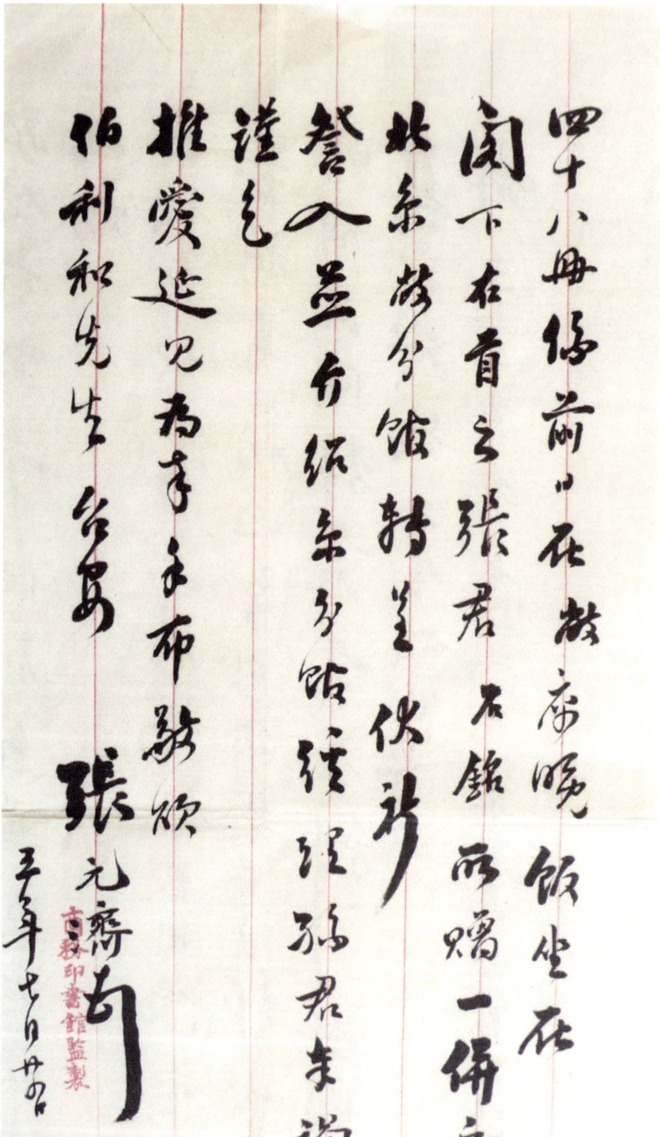

四十八冊係前日在敝處晚飯坐在
閣下右首之張君石銘所贈一併交
北京敝分館轉呈伏祈
詧入並介紹京分館經理孫君來謁
謹乞
推愛延見為幸手布敬頌
伯利和先生台安
張元濟頓
三年七月廿四日

商務印書館監製

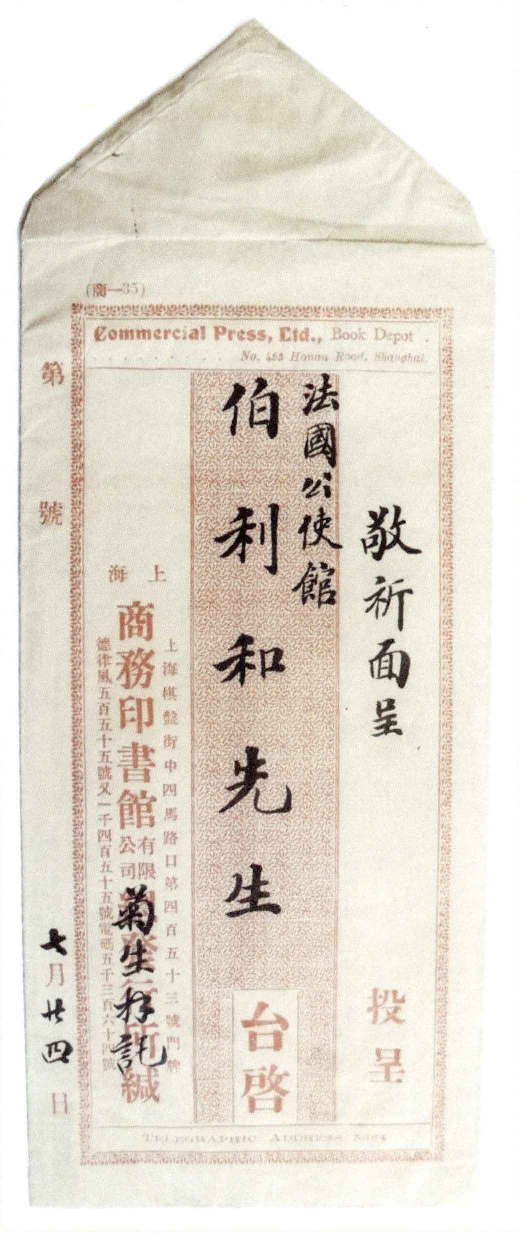
(商一35)
Commercial Press, Ltd., Book Depot
No. 453 Honan Road, Shanghai.
第　號
法國公使館
伯利和先生
敬祈面呈
台啓
投呈
上海
商務印書館有限公司發行所緘
上海棋盤街中四馬路口第四百五十三號門牌
德律風五百五十五號又一千四百五十五號電報五千三百六十四號
菊生拜託
七月廿四日
TELEGRAPHIC ADDRESS 5364

张元济致伯希和信

［一九二一年八月二十七日(一)］

（中文译稿）

一九二一年八月二十七日

亲爱的伯希和先生：

您确实非常友善，将《敦煌千佛洞》(二)第四卷第一一一号至第一二〇号洞中的六十四张玻璃影印版的复印本这么珍贵的礼物送给我。这份礼物，让我充满深深的感激之情和巨大的荣幸。可以肯定的是，我将珍藏这份出版物，并用它来纪念我们真诚的友谊。

我这里基本上没有什么非常有趣的新闻。祝您快乐顺利，也祝您在工作上取得巨大的成功。

您非常诚挚的

张元济

（一）时间为信中标注。
（二）《敦煌千佛洞》 伯希和作品，共六卷。于一九二〇年至一九二六年间陆续出版。

August 27th, 1921.

Monsieur Paul Pelliot,

c/o Libraire Paul Geuthner,

13 Rue Jacob (Vie),

Paris, France.

Dear Mr. Paul Pelliot:

You are very kind indeed in sending me this valuable present of a copy of the publication entitled "Les Grottes de Touen-Houang", Tome Quatrieme, Grottes 111 a 120 N, 64 Planches en Phototype. It is with feelings of deep gratitude and great pleasure I assure you that I shall keep this publication as a souvenir of our sincere friendship.

There is very little news here of a highly interesting nature. I hope that everything is going on pleasantly and that your works will be crowned with great success.

Very cordially yours,

Chang Yuanchi

(総329)

上海商務印書館有限公司總務處

THE COMMERCIAL PRESS, LIMITED

PUBLISHERS, PRINTERS, BOOKSELLERS, AND PUBLISHERS' AGENTS

SHANGHAI, CHINA

TELEGRAPHIC ADDRESS
"COMPRESS" SHANGHAI
A. B. C. 5TH EDITION
WESTERN UNION
BENTLEY'S

MAIN OFFICE
PAOSHAN ROAD
TEL. NOS. N. 1555 & N. 400

ESTABLISHED 1896
OVER 40 BRANCHES
CAPITAL $3,000,000 MEX.

August 27th, 1921.

Monsieur Paul Pelliot,
c/o Libraire Paul Geuthner,
13 Rue Jacob (VIe),
Paris, France.

Dear Mr. Paul Pelliot:

You are very kind indeed in sending me this valuable present of a copy of the publication entitled "Les Grottes de Touen-Houang", Tome Quatrieme, Grottes 111 a 120 N, 64 Planches en Phototype. It is with feelings of deep gratitude and great pleasure I assure you that I shall keep this publication as a souvenir of our sincere friendship.

There is very little news here of a highly interesting nature. I hope that everything is going on pleasantly and that your works will be crowned with great success.

Very cordially yours,

Chang Yuan Chi

张元济致伯希和信

［一九二二年(一)］

（中文译稿）

恭贺新禧

圣诞快乐并致以新年所有美好的祝福

张元济夫妇

（一）年代为吉美博物馆标注。

From

Mr & Mrs Chang Yuan Chi

Christmas Greetings and All

Good Wishes for the

Coming year.

From
Mr & Mrs Chang Yuan Chi
恭賀新禧
Christmas Greetings and All
Good Wishes for the
Coming Year.

中华民国大总统府（一）致伯希和信

［一九一七年五月五日（二）］

中华民国大总统暨黎夫人订于五月五日下午三时在本府茶会敬请

光临

由　新华门进

　　福华门出

（一）中华民国大总统府　指黎元洪大总统府。一九一六年黎元洪（一八六四——一九二八）在袁世凯死后出任中华民国大总统。一九一七年七月因张勋复辟被迫弃职。

（二）年代为吉美博物馆及其附件入场券中标注，月份日期为入场券及其信中标注。本信附图含信中附《大总统府茶会入场券》，上标有『中华民国六年五月五日　大总统府茶会入场券　第捌拾陆号』字样，及晚宴邀请函。

中華民國大總統暨黎夫人訂於五月
五日下午三時在本府茶會敬請
光臨

由新華門進
福華門出

大总统府茶会入场券

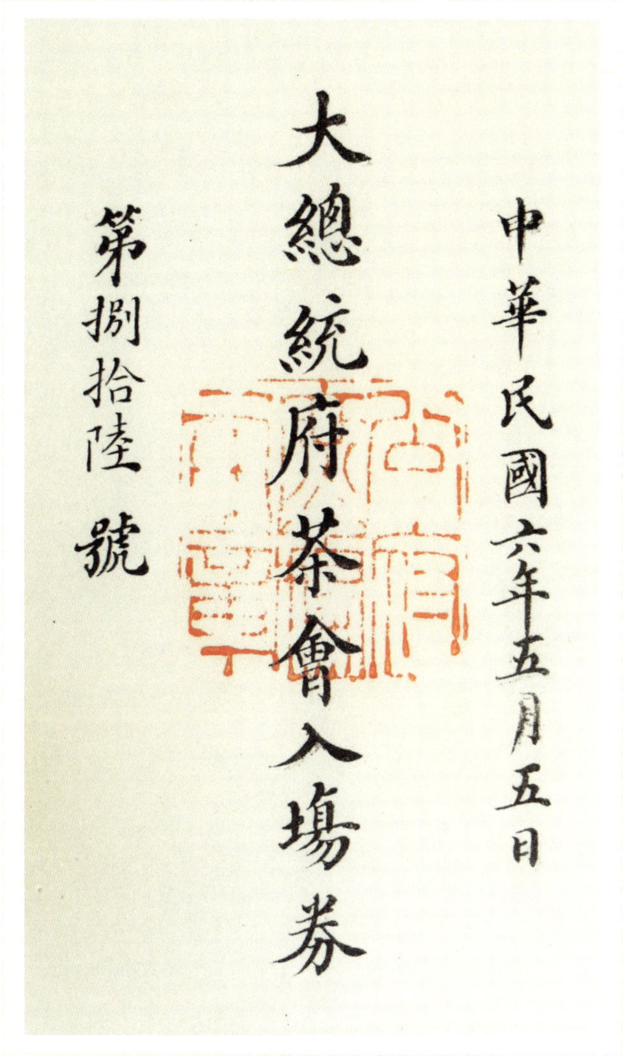
中華民國六年五月五日

大總統府茶會入場券

第捌拾陸號

附图

伯希和藏罗振玉致沈昕伯信一通

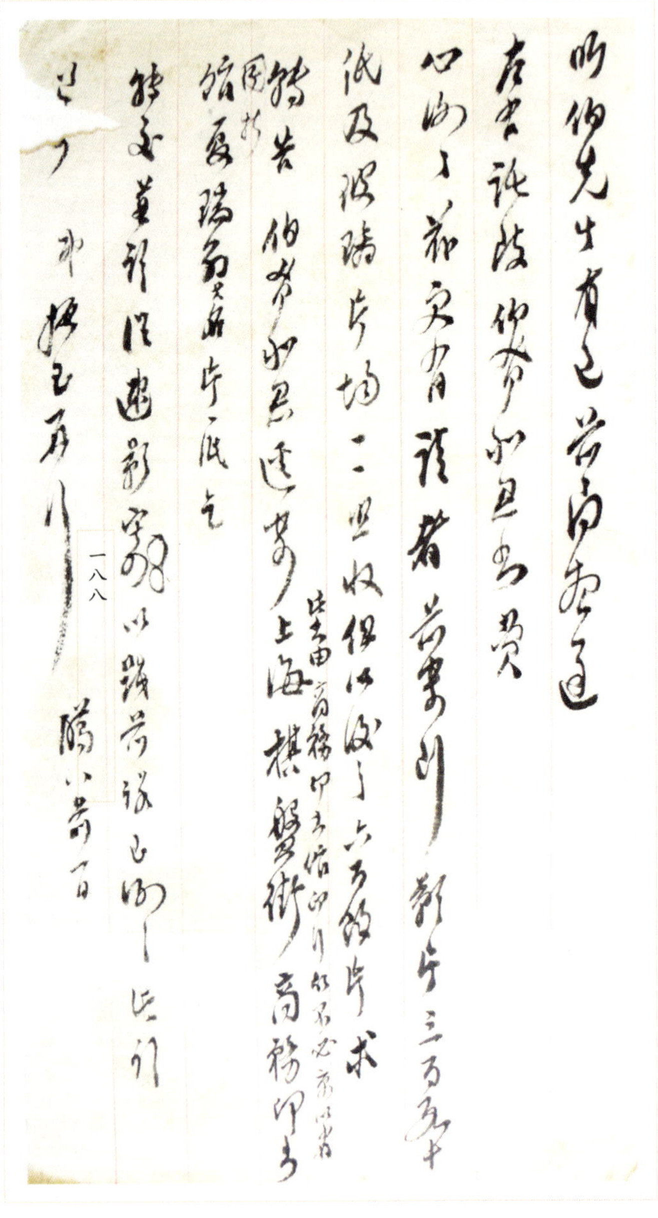

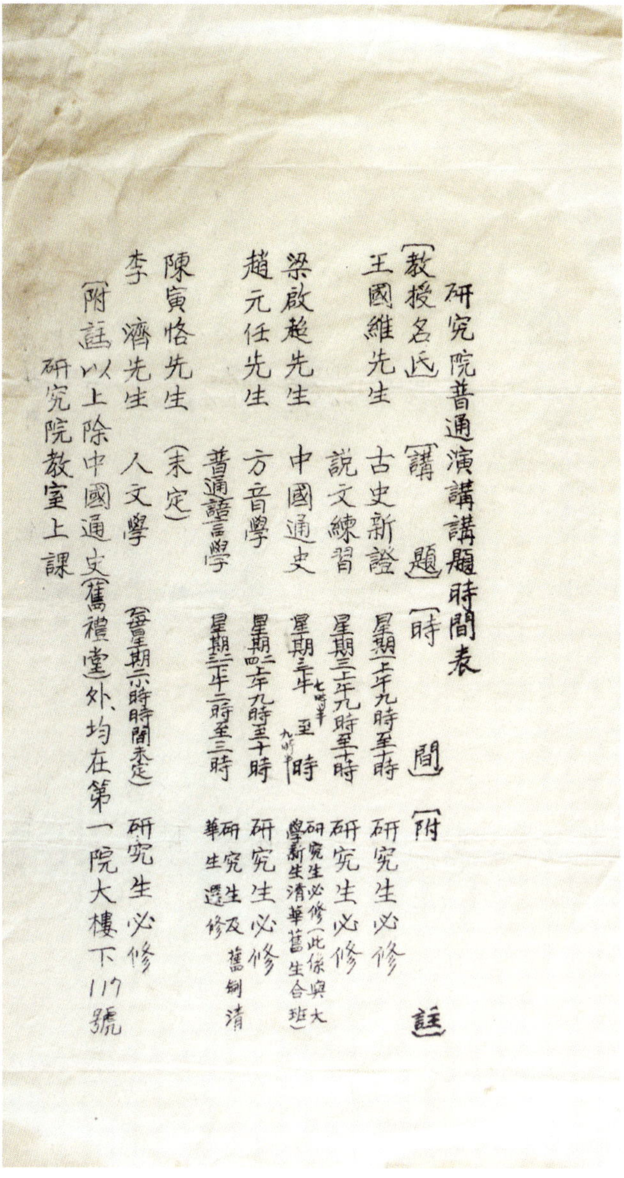

研究院普通演講講題時間表

〔教授名氏〕	〔講　題〕	〔時　間〕	〔附　註〕
王國維先生	古史新證	星期一上午九時至十時	研究生必修
	說文練習	星期三上午九時至十時	研究生必修
梁啟超先生	中國通史	星期三下午七時半至九時半	研究生必修（此係與大學新生清華舊生合班）
趙元任先生	方音學	星期二四上午九時至十時	研究生必修
	普通語言學	星期三下午二時至三時	研究生及舊制清華生選修
陳寅恪先生	（未定）		
李　濟先生	人文學	（每星期六小時時間未定）	研究生必修

〔附註〕以上除中國通史（舊禮堂）外、均在第一院大樓下117號研究院教室上課

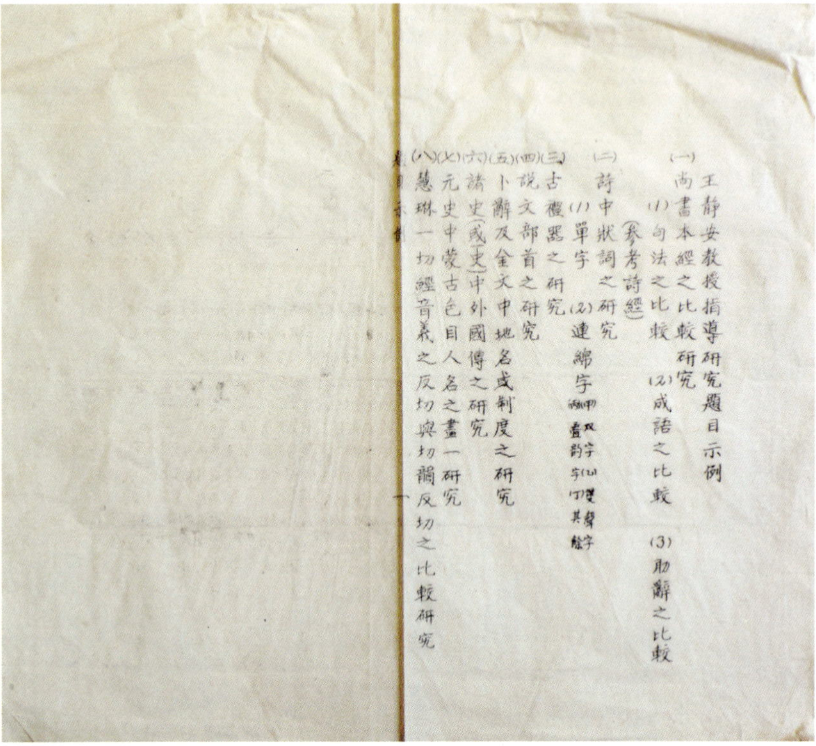

王靜安教授指導研究題目示例

(一)尚書本經之比較研究

(1)句法之比較 (2)成語之比較 (3)助辭之比較

(參考詩經)

(二)詩中狀詞之研究

(1)單字 (2)連綿字(甲)双字(乙)雙聲字(丙)疊韻字(丁)其餘

(三)古禮器之研究

(四)說文部首之研究

(五)卜辭及金文中地名或制度之研究

(六)諸史(或史)中外國傳之研究

(七)元史中蒙古色目人名之畫一研究

(八)慧琳一切經音義之反切與切韻反切之比較研究

題目示例

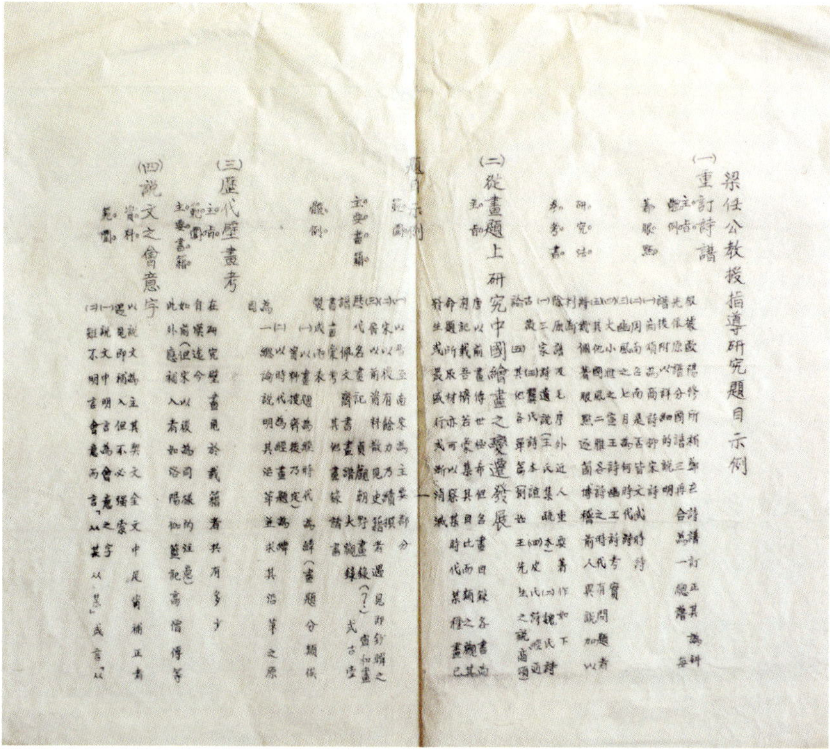

梁任公教授指導研究題目示例
(一)重訂詩譜
(二)從畫題上研究中國繪畫之變遷發展
(三)歷代壁畫考
(四)說文之會意字

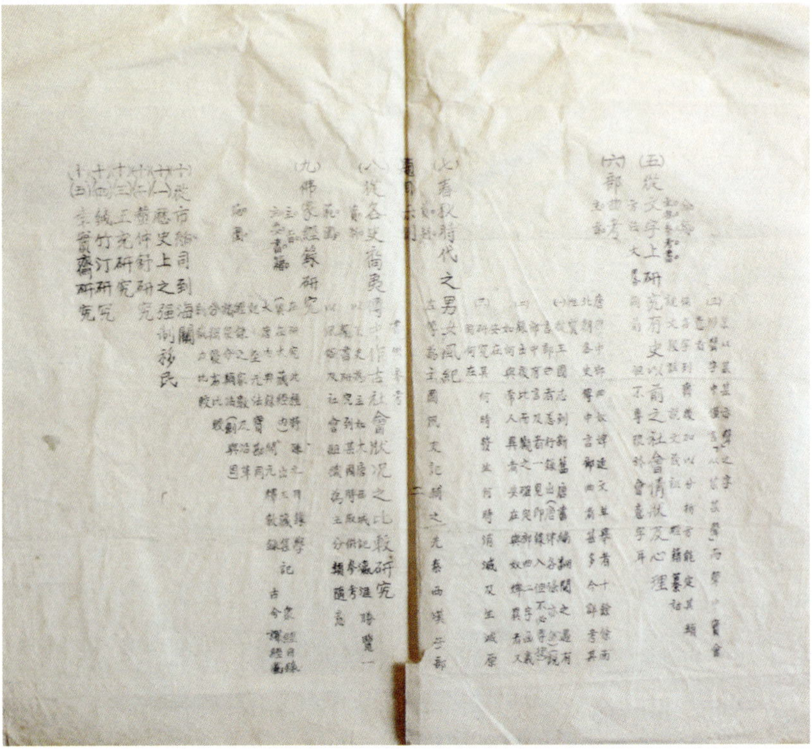

（五）從文字上研究有史以前之社會情狀及心理

（六）部首

（七）春秋時代之男女風紀

（八）從各史籍裏尋出作古社會狀況之比較研究

（九）佛家經錄研究

（十）從市舶司到海關

（十一）歷史上之強制移民

（十二）黃仲則研究

（十三）王充研究

（十四）錢竹汀研究

（十五）章實齋研究

新聞報

中華民國二年三月三日

法博士帛利玉氏已抵京聞須赴長江一帶考求國史已由外交部通電所至各省妥為照料。

伯希和护照

LÉGATION
DE LA
RÉPUBLIQUE FRANÇAISE
EN CHINE

N° 55

PASSEPORT.

AU NOM DE LA RÉPUBLIQUE FRANÇAISE.

NOUS, Jean Boissonnas Chargé d'Affaires de la République française en Chine prions MM. les Officiers civils et militaires chargés de maintenir l'ordre public en France et dans tous les Pays amis ou alliés de la France de laisser librement passer Monsieur Paul Pelliot chargé d'une Mission en Chine par le Gouvernement français qui se rend en France par la Sibérie

et de lui donner aide et protection en cas de besoin.

Le présent passeport, valable pour un an, a été délivré sur sa demande.

Fait à Pékin, le huit octobre mil neuf cent neuf

~~Le Ministre de France.~~
Le Chargé d'Affaires de France,

Signature du Porteur:

J. Boissonnas

伯希和撰文《纪念王国维》手稿

王國維 Wang Kouo-wei.

Le 2 juin 1927, Wang Kouo-wei 王國維 s'est noyé volontairement dans le lac du Palais d'Été ; il n'avait que cinquante ans et la Chine perd en lui un érudit de tout premier ordre.

Wang Kouo-wei, tseu 靜安 Tsing-ngan et 伯隅 Po-yu, hao 觀堂 Kouan-t'ang et 永觀 Yong-kouan, était né le 3 décembre 1877 à Hai-ning du Tchö-kiang, où sa famille, originaire de K'ai-fong-fou, s'était réfugiée au XIIe siècle lors du passage des Song au Sud du Yang-tseu. Les ressources des siens étaient limitées. En 1893 et 1897, il échoua aux examens de licence ; ses goûts ne le portaient pas vers ces épreuves d'un formalisme rigide et vide. Entre temps, en 1894, il avait appris l'existence de l'enseignement nouveau. En 1898, l'année des réformistes, il vint à Changhai où il fut bientôt recueilli par M. Lo Tchen-yu, alors à la tête d'un journal agronomique ; de là naquit une collaboration que la mort seule a interrompue après trente ans. C'est avec l'aide financière de M. Lo que Wang Kouo-wei, après avoir étudié le japonais et l'anglais pendant deux ans, se rendit en 1901 au Japon d'où il revint, malade, l'année suivante. À ce moment, ce sont les philosophes allemands et anglais qu'il enseigne officiellement, mais en même temps l'archéologie et la philologie chinoise exercent sur lui un attrait irrésistible ; Kant et Schopenhauer cèderont bientôt devant les os inscrits du Ho-nan, les fiches de bois du Turkestan chinois et les manuscrits de Touen-houang. C'est à l'occasion des manuscrits de Touen-houang dont j'avais apporté quelques beaux spécimens à Pékin, que je fis là, en 1908-1909, la connaissance de M. Lo Tchen-yu et du groupe d'érudits qui se réunissait alors autour de lui, 蔣黼 Tsiang Fou, 董康 Tong K'ang et Wang Kouo-wei lui-même. Avec Miao Ts'iuan-souen et Ye Tchang-tche à Changhai [illegible]

M. Lo et ses émules et disciples à Pékin, j'ai eu alors pour la première fois la grande fortune d'entrer en rapports personnels avec ce que la Chine contemporaine a compté de mieux comme philologues et comme archéologues. La Révolution de 1911 devait changer, au moins en apparence, la vie de Wang Kouo-wei : monarchiste convaincu comme son maître M. Lo, il suivit ce dernier au Japon et s'installa avec lui près de Kyōto; ~~en compagnie de Tchang ... qui ... Tong Kang qui partit au bout de quelques temps et se rallia au pouvoir nouveau~~ tous deux rentrèrent en Chine ~~[illegible]~~ pour quelques semaines en 1915, puis Wang Kouo-wei quitta définitivement le Japon en 1916 afin d'aller s'occuper à Changhai des publications philologiques et archéologiques que patronait alors Hardoon. En 1919, M. Lo Tchen-yu étant ~~définitivement~~ rentré du Japon pour se fixer à Tientsin, Wang Kouo-wei alla se soigner quelque temps dans la nouvelle maison de son maître et ami et parler avec lui des nombreux travaux que tous deux avaient en cours. En 1919 et 1920, l'Université nationale de Pékin avait offert à Wang Kouo-wei une place de professeur qu'il avait refusée ; mais en 1922, il consentit à devenir membre correspondant de l'Institut de sinologie qui venait de se créer près de cette Université. Entre temps, le Mongol Cheng-yun l'avait recommandé à la petite Cour qui entourait encore le jeune empereur à Pékin, et Wang Kouo-wei fut appelé à enseigner au Palais en 1923. Lui et M. Lo Tchen-yu eurent alors accès à ce qu'il restait de livres et d'objets d'art aux mains de l'empereur, mais à la fin de 1924, l'empereur était expulsé du Palais. Wang Kouo-wei demeura fidèle à la monarchie, et rendit visite à l'ex-souverain tant à la Légation du Japon que plus tard à Tientsin. En vain le Tsing Hua College lui assura-t-il une situation matérielle indépendante. Wang Kouo-wei, que la maladie minait et qui crachait le sang, désespérant de l'avenir. Au retour d'une de ses audiences à Tientsin, alors que les luttes entre armées rivales se rapprochaient de Pékin, il se décida au sacrifice suprême. Sans qu'on soupçonnât rien autour de lui, il rédigea son testament, un soir, dormit jusqu'au matin, passa au Tsing Hua College pour s'y acquitter de devoirs professionnels, y emprunta cinq piastres à un ami, et se fit alors conduire en rickshaw au Palais d'Été. Les gardiens entendirent un plongeon, mais les recherches furent longues et on ne retira de l'eau qu'un cadavre. Wang Kouo-wei, marié dès 1896 et père de plusieurs enfants, laissait sa famille presque sans ressources; les manuscrits de ses travaux inachevés devaient aller à M. Lo Tchen-yu. L'empereur détrôné, qui continue de rendre ses édits à Tientsin, a décerné à Wang Kouo-wei le titre posthume de 忠慤 Tchong-k'io et a délégué un prince pour aller lui rendre un dernier hommage. On ne peut que s'incliner devant l'homme qui se tue pour ses convictions, dût son sacrifice paraître vain. Je ne pense pas que la mort volontaire de Wang Kouo-wei ait beaucoup troublé les politiciens ni ému l'âme populaire. Par contre, les amis de la culture chinoise, dans tous les pays, ont ressenti vivement la grande perte qu'ils venaient de faire. Le Tsing Hua College a consacré à Wang Kouo-wei les 240 pages du 3e numéro de sa revue d'érudition 國學論叢 *Kouo hio louen ts'ong* (1re année, 1928); *The Yenching Journal*, organe de l'Université 燕京 Yen-king avec laquelle Wang Kouo-wei eut également quelques liens, a étudié dans son n° 2 (décembre 1927) les contributions de Wang Kouo-wei aux progrès de l'archéologie; la revue *Shinagaku* (IV [1927], 138-158) a publié une bibliographie de Wang Kouo-wei due à M. K. Kanda; les anciens amis de M. Lo Tchen-yu et de Wang Kouo-wei à Kyōto ont tenu une réunion en souvenir du savant disparu ont consacré à ses travaux la totalité du fascicule 8 et la moitié du fascicule 9 de leur revue *Geimon* de 1927 (t. XVIII). Nous ne pouvons que renvoyer ici à ces publications très complètes, mais en vieil ami de Wang Kouo-wei, qui l'ai souvent cité et qui ai profité maintes fois de son information si étendue et si variée, je tiens à m'associer à l'hommage rendu de toutes parts à notre confrère et au regret poignant de voir son œuvre interrompue. M. Lo Tchen-yu, quand il aidait matériellement le jeune Wang Kouo-wei, avait bien deviné. La Chine moderne n'a pas produit d'érudit qui ait poussé plus avant et dans des directions plus nombreuses. On ne déchiffrerait pas les os inscrits de Yin sans M. Lo Tchen-yu et Wang Kouo-wei; le livre de Chavannes sur les documents chinois de la mission Stein ne doit plus être lu sans les corrections et additions de ces mêmes savants; Wang Kouo-wei a fondé l'étude scientifique du théâtre et du roman chinois; où qu'il ait passé — et il a passé partout —, il a ouvert des voies nouvelles. Dans les dernières années de sa vie, tant sous l'influence du Mongol Cheng-yuen qu'à raison des matériaux apportés par les missions de l'Asie Centrale, Wang Kouo-wei s'était beaucoup occupé des tribus étrangères qui ont vécu en bordure du monde chinois. La dernière œuvre qu'il ait achevée est une édition revue de ses *Recherches sur les Tatar*. On trouvera ces derniers travaux dans le *Kouo hio louen ts'ong* de 1928 et surtout dans l'édition collective des œuvres de Wang Kouo-wei, intitulée 觀堂集林 *Kouan t'ang tsi lin*, monument que M. Lo Tchen-yu élève pieusement à la mémoire de son malheureux ami.

Paul Pelliot

长兴书局购书单

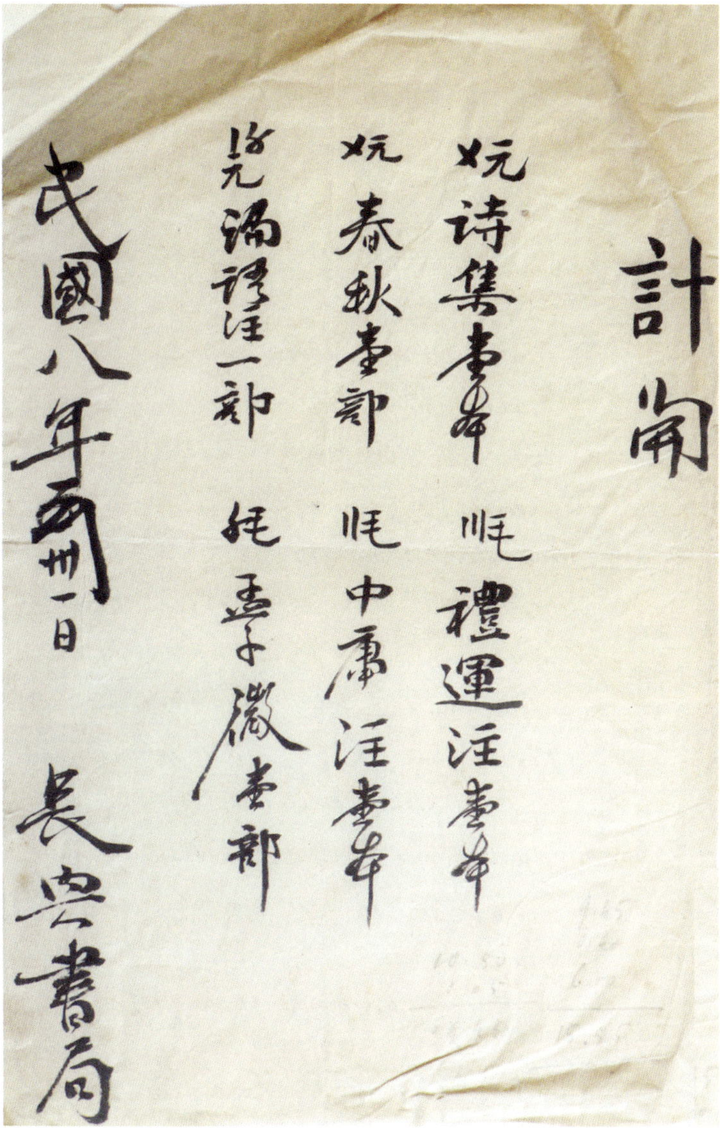
計開

〤元 詩集壹本 〣毛 禮運注壹本

〤元 春秋壹部 〢毛 中庸注壹本

〡〨元 論語注一部 〨毛 孟子微壹部

民國八年五月卅一日

長興書局

Changhaï, 18 juin 1909

Je soussigné Ting Kouo-ying, domicilié à Changhaï, interprète chez M. d'Auxion de Ruffé, avocat-défenseur, reconnais avoir reçu de Monsieur Paul Pelliot, à titre de prêt, la somme de cinq cents dollars de Changhaï (500$00). Je m'engage à restituer cette somme aux échéances suivantes:

Deux cents dollars (200$00) à la fin du huitième mois de la présente année chinoise;

Cent cinquante dollars (150$00) à la fin du deuxième mois de la prochaine année chinoise;

Cent cinquante dollars (150$00) à la fin du cinquième mois de la prochaine année chinoise.

En foi de quoi j'ai signé le présent reçu,

Changhaï, 18 juin 1909

丁國英 K. Y. Ting.

抗日华联致伯希和信一通

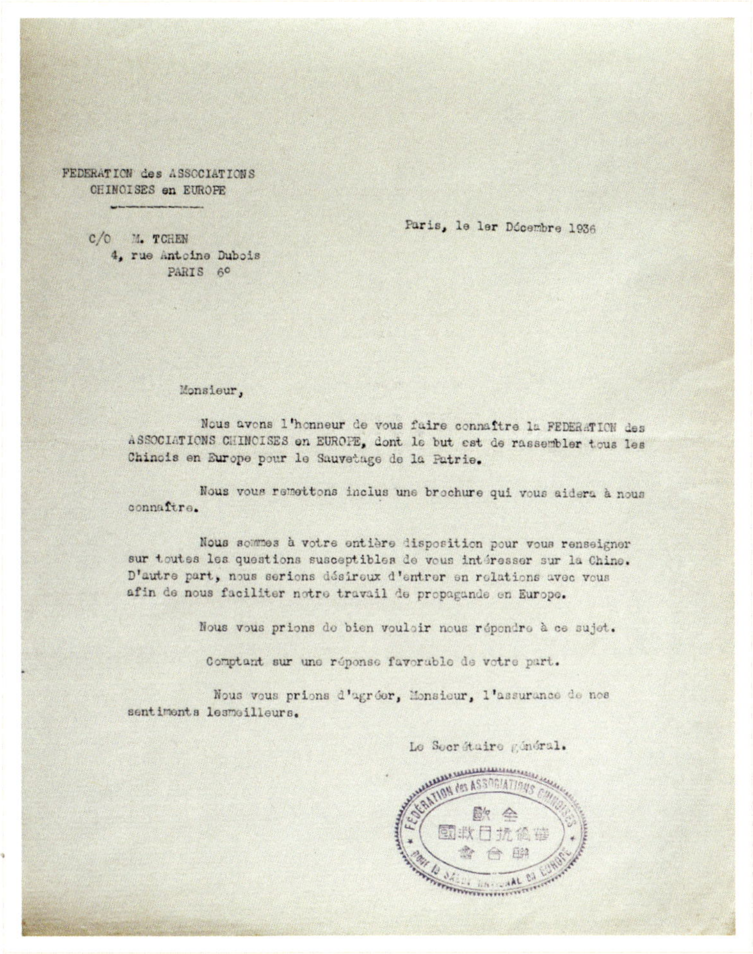

FEDERATION des ASSOCIATIONS
CHINOISES en EUROPE

C/O M. TCHEN
4, rue Antoine Dubois
PARIS 6°

Paris, le 1er Décembre 1936

Monsieur,

Nous avons l'honneur de vous faire connaître la FEDERATION des ASSOCIATIONS CHINOISES en EUROPE, dont le but est de rassembler tous les Chinois en Europe pour le Sauvetage de la Patrie.

Nous vous remettons inclus une brochure qui vous aidera à nous connaître.

Nous sommes à votre entière disposition pour vous renseigner sur toutes les questions susceptibles de vous intéresser sur la Chine. D'autre part, nous serions désireux d'entrer en relations avec vous afin de nous faciliter notre travail de propagande en Europe.

Nous vous prions de bien vouloir nous répondre à ce sujet.

Comptant sur une réponse favorable de votre part.

Nous vous prions d'agréer, Monsieur, l'assurance de nos sentiments lesmeilleurs.

Le Secrétaire général.

FEDERATION des ASSOCIATIONS CHINOISES POUR LE SALUT NATIONAL en EUROPE
全歐華僑抗日救國聯合會

内藤湖南致伯希和信四通

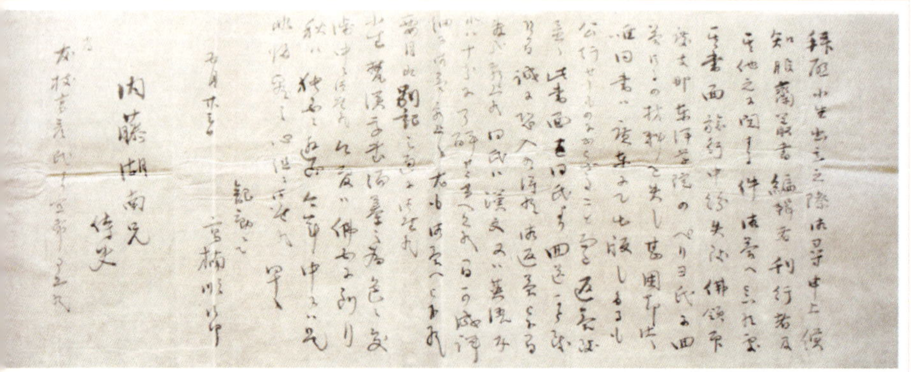

將赴歐洲留別諸友用鈴木豹軒博士見贈詩韵

不顧神仙臥白雲，平生樸學愧方聞。爭傳鹽澤墟中牘，快睹沙州石室文。三保星槎通貢利，八觀輪迹慨瓜分。歸來四庫重編日，欲把黄金鑄作君。

豹軒疊韵見示再賡其韵

征颿直破海天雲，日没輕韃素所聞。縞紵曾欽僑札誼，源流要討向歆文。北望華蓋星躔聚，西極崑崙河水分。覘國元知非我事，期懷鉛槧報明君。

舟中三疊韵 同舟有某某兩夫人皆訪其外君於歐洲

泛槎排去萬重雲，石爲支機昔已聞。記取仙歌應變徵，製來宮錦是迴文。薇垣歷歷枰棋布，野甸茫茫鼎足分。偶度天河隨織女，定知星夕會郎君。

舟中四疊韵寄懷某君在上海

九埏變度動風雲，功比前賢竟未聞。沙漠宣威欽漢武，江湖後樂感希文。新陳勿卒人材謝，南北依然天塹分。行到東洋洋盡處，回頭滬上忽思君。

舟中五疊韻寄懷大谷法主光瑞在闍婆

身似騎鯨排水雲，此游奇絕自希聞。久恥繡虎雕龍技，難作經天緯地文。日月東西從浪浴，斗箕南北舉眸分。舵樓一曲浩歌意，解寞人間欲語君。

舟中六疊韻

自掛片帆辭彩雲，蓬壺西去廣新聞。已諳鳥跡多奇字，欲寫驢唇校異文。夢度五天飛錫遍，神馳三古列眉分。九流方際溝通會，應悔世年宇鄭君。

舟中七疊韻

當起九泉揚子雲，輶軒譯語資多聞。藏山叢帙留圖象，出土方塼有楔文。古墓奇觚千砌累，長渠如線兩洲分。歷

山典籍渾星散劫作無人似巨君

墺京二首 第八第九疊韻

淚墮南朝汪水雲希音淒絕豈堪聞家亡空剩鈞天樂人逝曾無經世文上苑烟霞秋後淡美泉草木眼中分雄圖東國今為夢白髮宮奴說故君

繁華百載已浮雲極貴伍田家舊聞河嶽毓靈思毅業聖神無統久稽文女皇妝閣塵埃滿聲伎歌臺金碧分城裏萬家烟火底有人攬涕歎無君

巴黎二首 第十第十一疊韻

西歐佳氣蔚如雲修築城池懷素聞涼殿紫霞飛綺彩內家銀燭動星文一時奎運眠良會未識蛾眉身首分士女聯翩趨鞠部應從曲裏憶先君

復讎云九世會風雲霸國餘威百稔聞馬迹即時無野草

三

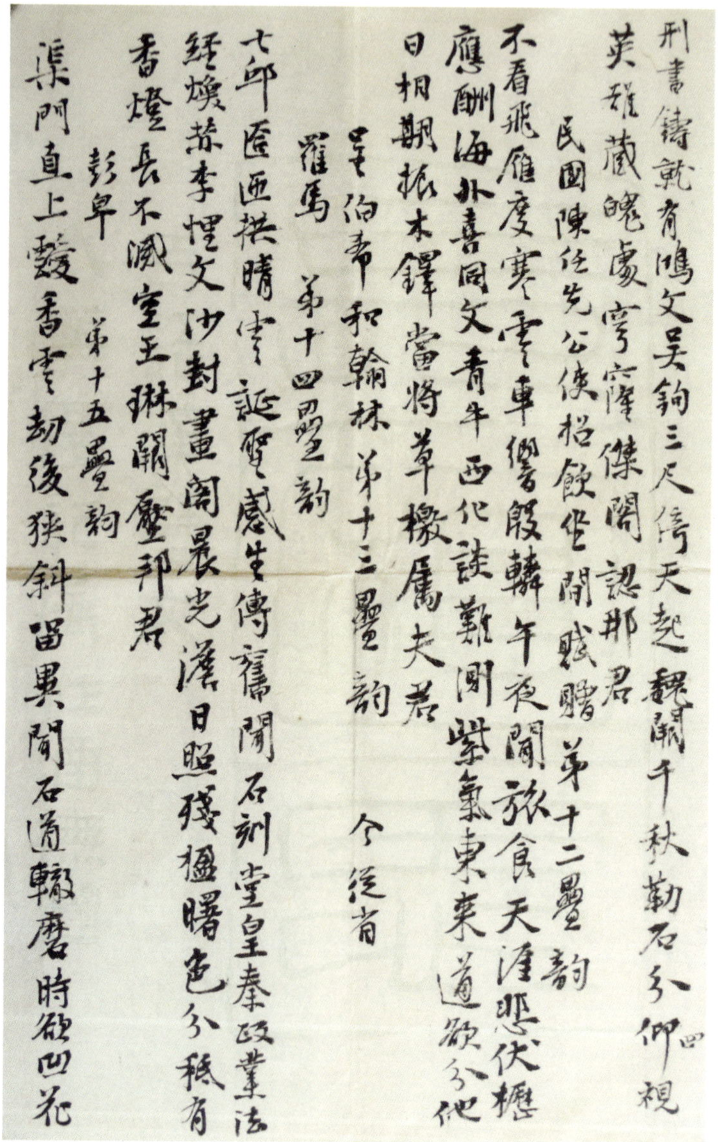

刑書鑄就有鴻文吴鈎三尺倚天起魏闕千秋勒石兮仰視四
英雄藏魄處穹窿傑閣認邦君
民國陳任先公使招飲望闕賦贈 第十二疊韻
不看飛雁度寒雲車響殷轔午夜聞旅食天涯悲伏櫪
應酬海外喜同文青年西化談難測紫氣東來道欲兮他
日相期振木鐸當將草檄屬夫君
吴伯甫和翰林 第十三疊韻 今從肯
羅馬 第十四疊韻
七郎匿迹拱晴雲誕聖感生傳舊聞石刻堂皇秦政業法
經煥替李悝文沙封畫閣晨光灑日照殘樞曙色兮稱有
香燈長不滅室王琳關壓邦君
彭阜 第十五疊韻
渠門直上靉香雲劫後猶斜留異聞石道轍磨時欲四花

塼雨洗復成文類樓髣髴筆欵嚮壞壁依稀粉朧分追五想
金鞍連騎到當壚可少卓文君

内藤 虎 甫卅

伯希和大人 大正

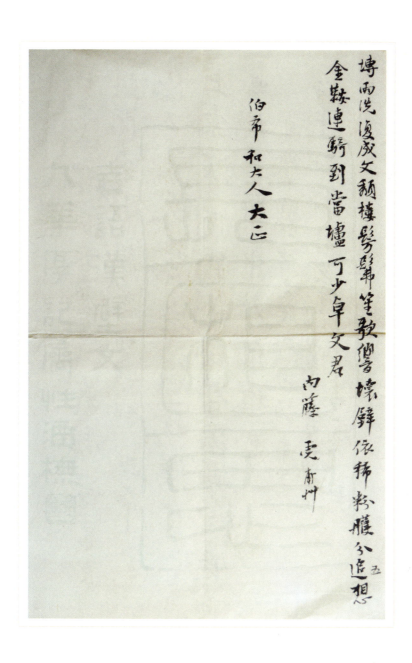

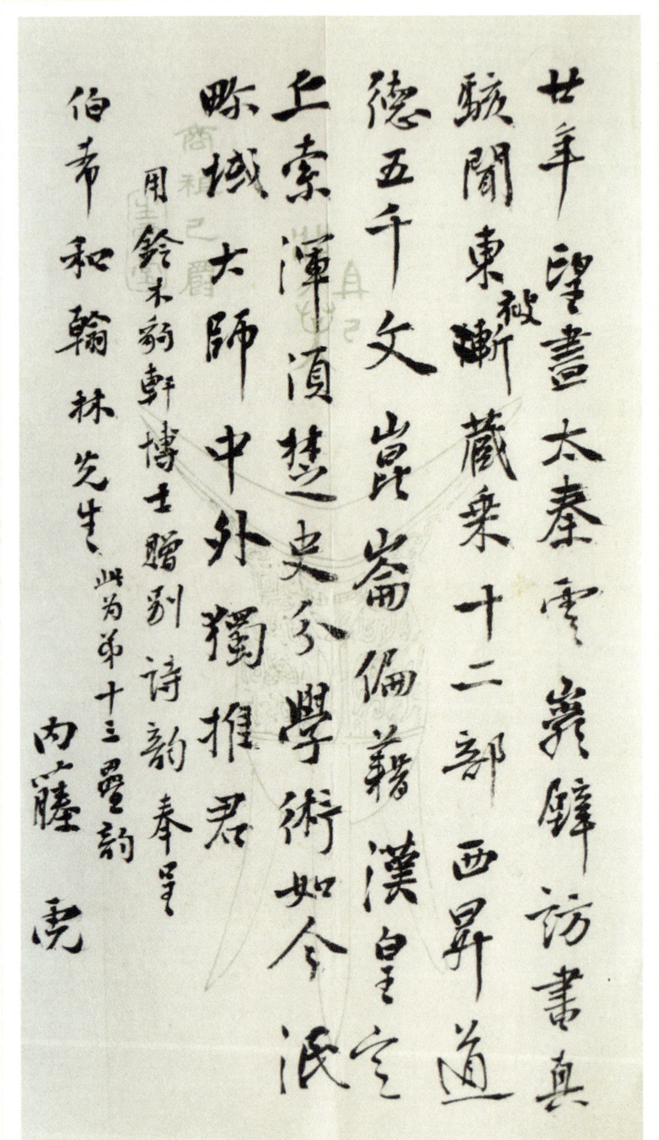

廿年望盡太秦雲冀肆訪書真
駭聞東被藏乘十二部西昇道
德五千文崑崙偏藉漢皇定
上索渾須楚史分學術如今泯
畛域大師中外獨推君
用鈴木豹軒博士贈別詩韻奉呈
伯希和翰林先生 此為第十三疊韻
内藤虎

伯希和翰林大人閣下夙誦
高著久企盛名前
月奉　教於慰渴想從來貌都燉煌鳴沙遺
篇書翻外典未觀梵策藏經所見不過一百
四十餘種然陸續觀佚書甚夥本唐初寫毛詩鈔
風願言則嚏鄭箋今俗人言嚏云人道我我則
嚏古之遺語今本脫我則嚏句古本佳處有
如此者唐魏徵群書治要一書已佚於宋代而獨
存於我邦清儒或於其倫作斷搭因所據本乃

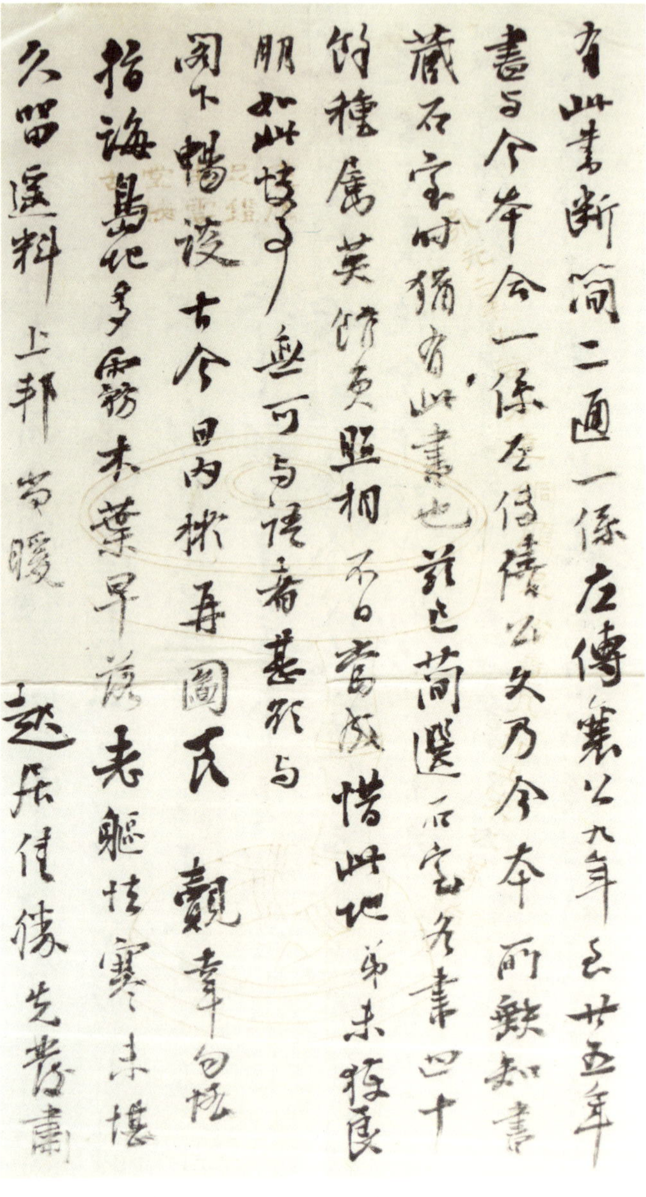

有此書斷簡二通一係左傳襄公九年至廿五年
書與今本合一係左傳僖公文乃今本所缺知書
藏石室時猶有此書也茲已簡選石室名書四十
餘種屬英法吏照相不日當成惜此地弟未獲良
朋如此懷了無可與語者甚欲與
閣下暢談古今日內擬再圖良覿幸勿拒
指誨島地多雨霧木葉早落老軀怯寒未堪
久留遙料 上邦 常暖
[illegible]佳[illegible]先生[illegible]

泐頌
文安 内藤虎頓首

周曼龏父盨
生雲堂橅古

九月廿八日夜

商务印书馆代寄书单等

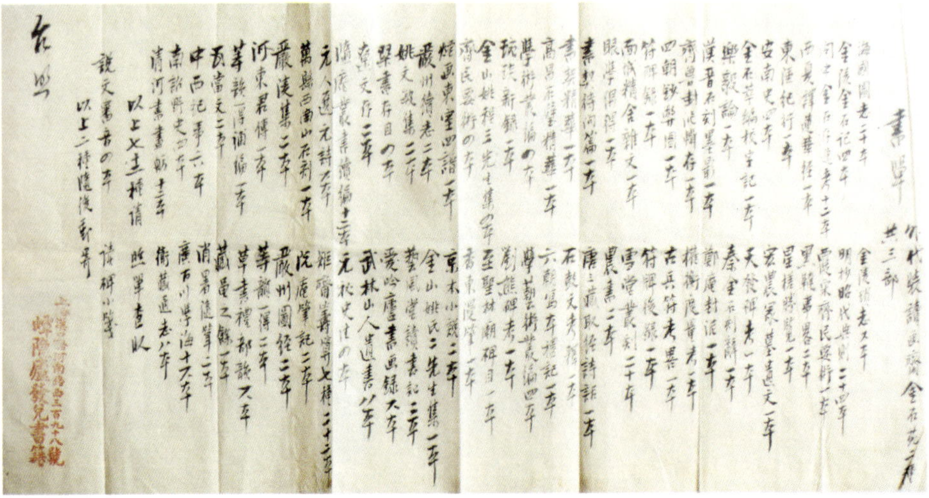

書單　共三部　代裝讀畫齋金石苑二本
海國圖志二十本　金陵瑣志六本
金陵金石記四本　明抄昭代典則二十四本
關中金石存逸考十二本　震澤齊民要術一本
西夏譯蓮華經一本　皇朝事略二本
東陲紀行一本　星槎勝覽一本
安南史四本　宋[illegible]墓志文一本
金石萃編校字記一本　天發神讖碑考一本
樂毅論一本　秦金石刻辭一本
漢晉石刻墨影一本　鄭盦封泥一本
齊魯封泥攟存一本　權衡度量考一本
四朝鈔幣圖一本　古兵符考略一本
符牌錄一本　符牌後錄一本
面城精舍雜文一本　雪堂叢刻二十本
眼學偶得一本　農書二本
壽[illegible]詩詞篇一本　唐三藏取經詩話一本
書契精華一本　石鼓文考釋一本
高昌壁畫精華一本　六朝寫本禮記一本
學術叢編四本　藝術叢編四本
玩陵新錄一本　劉熊碑考一本
金山姚雅三先生集四本　至聖林廟碑目一本
齊民要術四本　書東漫筆一本
[illegible]畫東莊四譜一本　京本小說二本
嚴州續志二本　金山姚氏二先生集一本
姚文敏集二本　藝風堂讀書記二本
翠書存目四本　愛吟廬書畫錄六本
[illegible]文存二本　武林山人遺書八本
隨庵叢書續編十二本　元秘史注四本
元八邊元詩六本　雅雨堂叢書七種二十二本
萬縣西南山石刻一本　[illegible]庵筆記二本
嚴陵集二本　嚴州圖經二本
河東君傳一本　[illegible]一得二本
[illegible]一得補編一本　草書禮部韻六本
[illegible]當文二本　藏曇之餘一本
中西紀事六本　消暑隨筆二本
南詔野史四本　廣百川學海十六本
清河書畫舫十二本　衛藏通志八本
以上七十種請　照單查收
說文[illegible]古四本　請拜小[illegible]
以上二種隨後寄奉
[illegible]

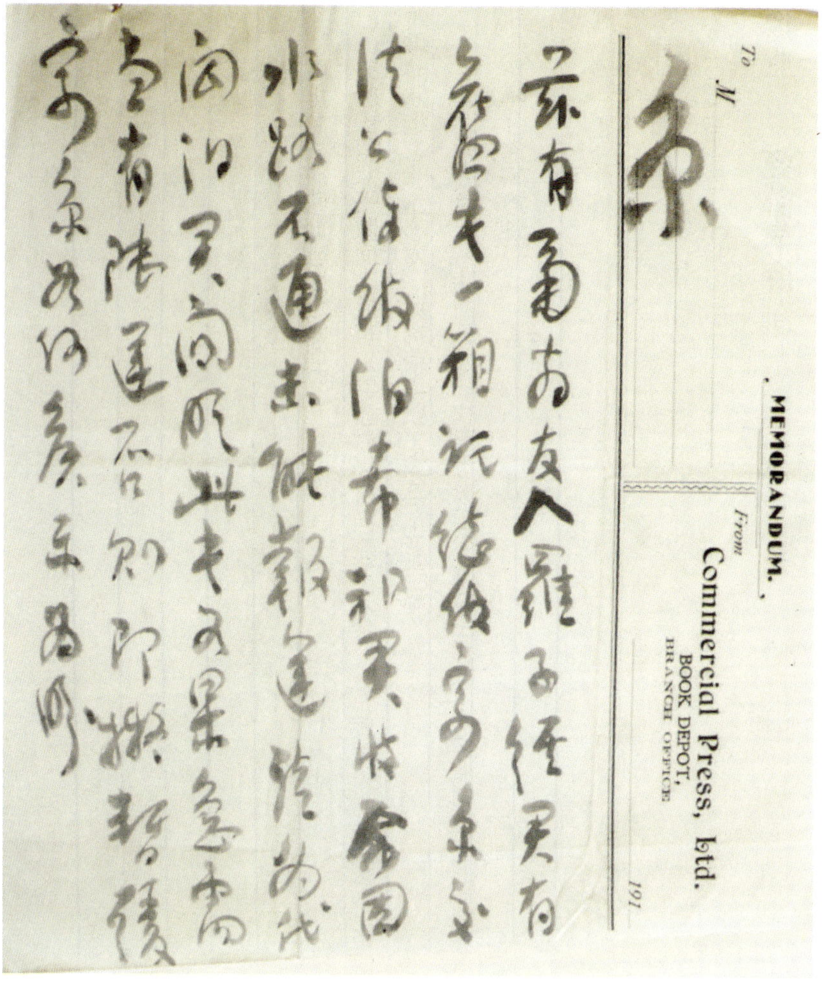

MEMORANDUM.

To M

From Commercial Press, Ltd.
BOOK DEPOT,
BRANCH OFFICE

191

系

蘇有蜀南友人羅子經買有
綠繭長一箱託繞從子由系處
請公代爲收由本社買將來回
水路不通未能寄送請爲代
問滬買蠶繭此時尚可買否急需
專肅陳達否知即擲覆暫緩
守弟系如何[illegible]

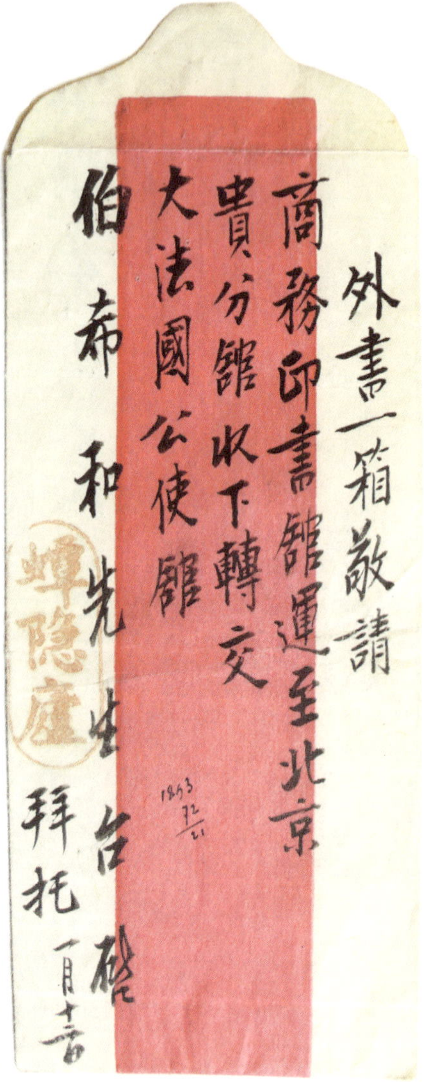
外書一箱敬請
商務印書館運至北京
貴分館收下轉交
大法國公使館
伯希和先生台啓
拜托 一月十二日
蟫隱廬

Y. C. Hoe 致伯希和信一通

THE CHINESE SOCIAL AND POLITICAL SCIENCE ASSOCIATION
NAN CHIH TZE TA CHIEH, PEIPING (PEKING), CHINA

February 1st, 1933.

Prof. Paul Pelliot,
French Legation,
Peiping, China.

Dear Sir:

This is to confirm the arrangement you have kindly made with Mr. T. L. Yuan for a speech by you on the "Sources of Mongol History" to be given on Friday, February 17th, 1933, at 5 p.m.

After the lecture, may we have the pleasure of your company at a dinner to be given at the Western Returned Students' Club.

With best regards, I remain,

Believe me,

Very truly yours

Y. C. Hoe

Y. C. Hoe
Hon. Secretary

YCH:HC

直隶书局购书单等

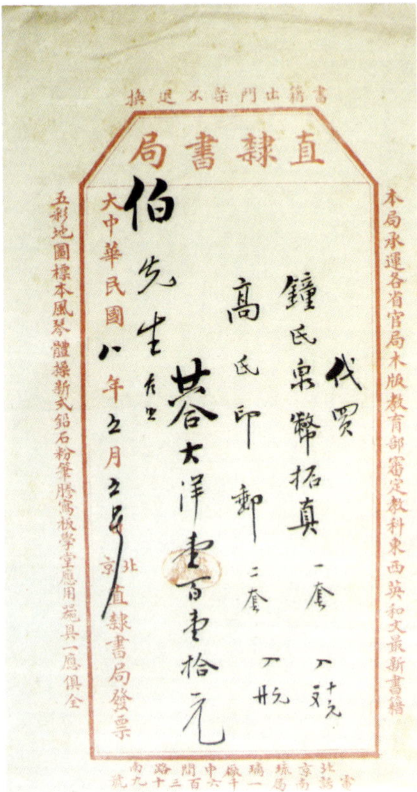

書籍出門槩不退換

直隷書局

本局承運各省官局木版教育部審定教科東西英和文最新書籍

五彩地圖標本風琴體操新式鉛石粉筆謄寫板學堂應用嗣具一應俱全

伯先生台照

代買

鐘氏泉幣拓真 一套

高氏印鄦 二套

共大洋壹百壹拾元

大中華民國八年五月五日

北京直隷書局發票

電話南局一千六百三十九號 北京琉璃廠中間路南

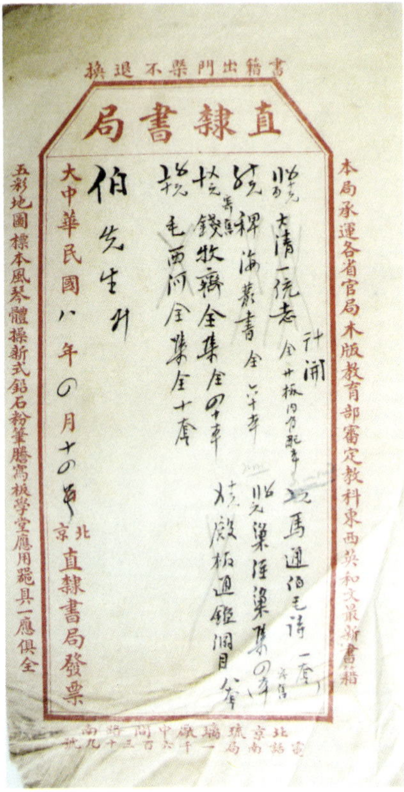

書籍出門槩不退換

直隷書局

本局承運各省官局木版教育部審定教科東西英和文最新書籍

五彩地圖標本風琴體操新式鉛石粉筆謄寫板學堂應用嗣具一應俱全

伯先生升

大清一統志 全

稗海叢書 全

錢牧齋全集 全

毛西河全集 全十套

馬通伯毛詩 一套

渠集

殿板通鑑綱目 全套

大中華民國八年〇月十〇日

北京直隷書局發票

電話南局一千六百三十九號 北京琉璃廠中間路南

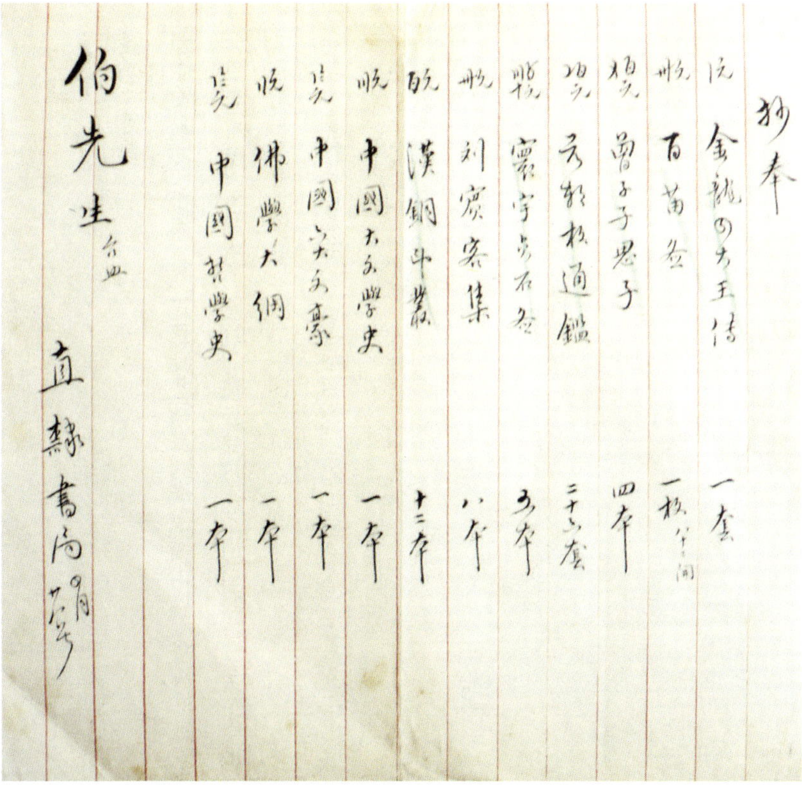
抄奉

金龍四大王傳 一套

百苗圖 一本

曾子子思子 四本

[illegible]通鑑 二十五套

寰宇貞石圖 五本

劉賓客集 八本

漢銅印叢 十二本

中國大文學史 一本

中國六大文豪 一本

佛學大綱 一本

中國哲學史 一本

伯先生 台鑒

直隸書局 [illegible]

敬奉

[illegible]琴鶴堂印譜 八本　[illegible]明文苑英華選 四套

[illegible]太平寰宇記 四十本　[illegible]明紀稗史 十八本

[illegible]楊龜山全集 一套　[illegible]明王太史夢澤集 一套

[illegible]殿板月令輯要 二套　[illegible]秋浦双忠録 一套

[illegible]左海文集 二套　[illegible]歷代職官表 廿二本

[illegible]西廂十則 十本　[illegible]鋗笙館修簫譜 二本

[illegible]列國政要 四套　[illegible]續齊魯印攈 十六本

[illegible]絳帖 十二本

伯先生 台閱

直隸書局单

抄奉

〢元 鹽山新志　全八本

十〥元 兩漢金石記　全十六本

〢〥元 松陵文錄　全七本

〡〢十元 陶齋藏石記　全二套

〡〥元 拳石山房詩　全六本

7.50

〢元 繹志　全八本

伯先生台照

直隸書局單

計抄

竹之龍泉園 二 弍本 一套

坑鄒東廓集 弍本 八本

坑鉄雲藏陶合 弍本 十本

坑結一廬叢書 弍本 二套

竹之玉茗堂詩集 弍本 二套

坑初唐彙詩 弍本 一套

坑管城碩記 弍本 八本

川之寄簃 止園叢書 一二三部

此致

伯先生台閱

直隸書局具

外有唐人寫唐經二捲

中央公园董事会宴请函

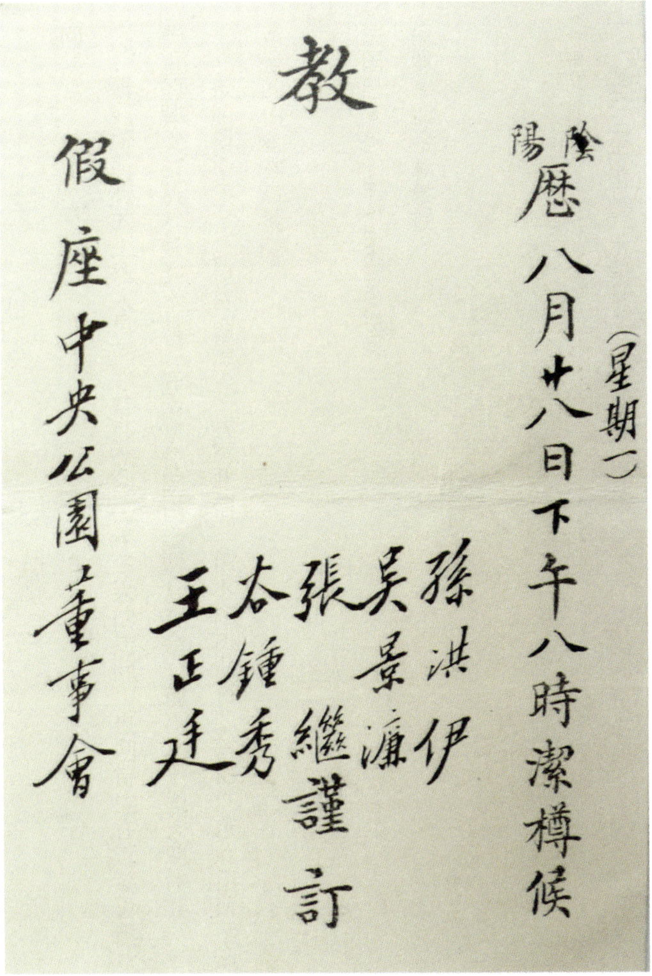

陰陽曆八月廿八日（星期一）下午八時潔樽候

教

孫洪伊 吳景濂 張繼 谷鍾秀 王正廷 謹訂

假座中央公園董事會

后记

二〇一四年三月十日午后，巴黎，阴雨。

我坐在吉美博物馆狭长的图书阅览室里，开始在管理员薇拉和马克为我摆放在长桌上、文档运送车上、队列同样狭长的近千个文件箱中一一查阅，耗时数月，终于将民国时期中国国学大师、考古学家、历史学家、地理学家、教育学家、艺术家、政治家、建筑师、出版商、古董商等写给汉学『祭酒』伯希和的信件悉数择出，并初步完成数码处理。事后，同事曾开玩笑地将我当时工作的佝偻身影，和一百〇六年前伯希和在敦煌藏经洞昏暗的烛光下工作的图片拼接在一起，虽然两个人的伟大性不可比附，但戏剧感和因果关联性，却一目了然。

一百〇六年前，伯希和将宝物从数万件敦煌遗书中择出的瞬间，对于由此可能引发的汉学界的革命性变化，以及这一变化向欧洲知识界的整体延展和延展的轩然之势，是有着快慰式的预见的；对于在中国可能引发的痛失文物的激烈反应和民族主义情绪的诱发也是有着职业式的警觉的；但对于由此对近代中国学术起源和变迁的深刻影响，却缺乏任何本能性的先知。今天，我们将这些信件从蒙尘半个多世纪的档案箱中请出并呈现给读者，也正试图将弥漫于当年汉学、国学两界的物的喧嚣暂时移开，将贯穿至今的民族主义情绪暂时移开，将对于民国时期思想源流的过于现代性的表述暂时移开，通过信物本身，看在这些漂浮物的下面，思想的河流，是怎样流淌，并继续向前的。

在此，我将首先感谢我的同事马丁·琼斯教授在大家如林的剑桥考古系辟出一块净土，呵护并引导思想史研究的幼苗自由生息；并感谢本书的合作者、精通多种语言的达西娅·维埃荷-罗斯博士通过大量的联系翻译工作，最初启动并促成这批文献的收集整理；感谢吉美同仁克里斯蒂娜女士、维拉女士和马克先生在共同工作期间所付出的辛苦和留下的珍贵回忆；感谢艾伦·麦克法兰教授夫妇和王子岚小友常在我的陋室以家庭研讨会的方式，与我们所做的兴味盎然的探讨；同时感谢宋广法教授，在本辑信件考释过程中所给予的巨大帮助和校勘；感谢于世国先生一直以来所给予的慷慨资助；感谢本书责编蔡长虹女士、包诗林先生以优秀专业出版人的耐心和职业敏感，在本辑成书过程中与我多达百封邮件的探讨和斧正；尤其需要感谢的是李兵女士和李潘女士，总是在我盲行时，凭借慧眼看到前路的亮点，并无私地推我向前。

最后，我将感谢我的先生周昱今博士，使我独享亲缘，总是能成为他思想的深奥性和不拘一格力量的第一个受益者，并受益终生。

祖艳馥

二〇一五年四月于剑桥溪田谷